방학

방학

최설 장편소설

마시멜로

최기태(1949~2013)

나의 아빠에게

차례

이 이야기에 나오는 병원은 실제로 있는 곳이고,
이 이야기에 나오는 약은 실제로 있는 것이며,
이 이야기에 나오는 시험은 실제로 있었던 것이다.
그러나 그 외에 이 이야기에 나오는 인물, 사건, 배경 등은 모두
글쓴이가 지어낸 것이다.

1일

오늘 방학이 끝났다. 하지만 나는 학교에 가지 않았다. 대신 아빠가 살고 있는 병원에 왔다. 아빠가 보고 싶어서 온 것은 아니다. 나는 아빠와 같은 병에 걸렸고, 단지 그 이유 때문에 온 것이다. 그래서 아빠는 내가 오는 걸 모르고 있었다. 모르긴 몰라도 알고 싶은 마음도 없었을 것이다. 왜냐하면 아빠는 매우 열심히 나를 잊고 살아가는 중이었으니까. 어쨌든 나는 혼자서 찾아왔고, 입원 수속도 혼자서 밟았다. 하나도 어렵지 않았다. 정말이다.

이렇게 다 자란 내 앞에 아빠가 나타난 것은 밤 10시가 살짝 넘어서였다. 그때 나는 아무도 없는 병동 앞마당에서 울고 있었기 때문에 어떤 이유에서건 병실에서 창밖을 내다본 사람이라면 나를 발견하는 게 그리 어렵지는 않았을 것이다.

"시끄러." 아빠가 내게 말을 걸었다. 3년 만이었다. "안 죽어."

나는 울음을 그쳤고, 아빠는 내 곁에 쪼그려 앉았다.

"1차지?"

나는 아빠처럼 쪼그리고 앉으며 손가락으로 브이 자를 그려 보였다.

"2차?"

나는 고개를 끄덕였다. 그러자 아빠는 하늘을 쳐다보며 숨을 길게 내쉬었다. 아니, 내쉬기는 했지만 길게는 내쉬지 못했다. 입 밖으로 나온 공기를 모두 모아봤자 종이컵 하나를 채우기도 힘들어 보였다. 하긴, 아빠는 나보다 훨씬 오래된 2차 환자니까.

"엄마는, 잘 사냐?"

나는 고개를 떨궜다.

"아직도 그러고 사냐?"

조금 더 떨궜다.

궁금한 것이 바닥났는지 아빠는 한동안 아무 말도 하지 않은 채 앉아만 있었다. 나는 앉아만 있기가 지겨워서 도로 일어나 앞마당을 한 바퀴 돌았다. 최대한 크게 돌았지만 그래봤자 앞마당은 코딱지만 했고, 그래서 나는 30초도 안 돼서 아빠 곁으로 되돌아올 수밖에 없었다.

"근데 너," 그 사이에 할 말을 생각해낸 건지 아빠가 다시 입을 열었다. "얼마나 갖고 왔냐?"

집에서 고속버스터미널로 가는 지하철비로 천 원을 쓰고, 서울에서 이 작은 도시로 오는 버스비로 만 구천 원을 쓰고, 터미널에서 이곳으로 오는 택시비로 오천 원을 쓰면서 내 영문법 교재 속에는 만 원짜리가 일곱 장 남아 있었지만 나는 손가락을 다섯 개만 펴 보였다. 아빠가 돈을 빌려 가 놓고 안 갚을 때를 대비해서 돌아갈 차비는 따로 챙겨두어야 했으니까. 다행히 아빠는 돈을 빌려달라고 하지 않았다. 대신 이렇게 말했다.

"아껴 써라. 2차면 오래 있어야 할 테니까."

나는 아빠를 따라 하늘을 처다보았다. 달은 보이지 않았다. 대신 어쩌면 아빠보다 일찍 이곳에 왔을, 그리고 어쩌면 나보다 오래 이곳에 머물 별들이 눈도 깜빡이지 않고 우리를 내려다보고 있었다. 다들 건강해 보였다. 그때 그곳보다는 낮고 우리가 있는 곳보다는 높은 곳에서 "김재건 씨" 소리가 들렸다. 그건 아빠의 이름이었고, 그 소리의 출발지에는 두꺼운 뿔테안경을 쓴 간호사가 5층 창문 밖으로 몸을 내밀고 있었다.

그녀가 다시 소리쳤다. 소등 시간이 지난 지가 언젠데 왜 아직까지 거기 있는 거냐고, 옆에 있는 애도 데리고 당장 들어오라고. 아빠는 말 잘 듣는 학생처럼 "네!" 하고 말했다. 하지만 당장 들어가지는 못했다. 3년 전 아빠가 이곳으로 출발하기에 앞서 나를 잠깐 보러왔던 날, 나는 새엄마가 타고 있는 모닝을 향해 아빠와 나란히 걸어가면서 사람이 이보다 느리게 걷는 건 불가능할 거라고 장담했는데 오늘의 아빠는 그때보다도 더 느리게 걸었다. 그때는 열 걸음 정도에 한 번씩 숨을 골랐는데 오늘은 서너 걸음에 한 번꼴로 숨을 골랐다. 건물의 1층 출입문은 땅에서 여섯 계단 위에 있었는데, 그곳으로 올라갈 때는 계단 하나당 꼬박꼬박 두 걸음씩 디뎠고.

"몇 호냐?"

엘리베이터가 5층에 도착하자 아빠가 물었다.

나는 어두운 복도를 향해 팔을 길게 뻗으며 "맨 끝" 하고 말했다.

"맨 끝이면 십사? 십오?"

"십오."

"십오면…… 에이, 북향이네."

그러면서 아빠는 자기 방은 남향이라며, 잠깐만 구경하고 가라고 했다. 하라니 하긴 했지만 창밖으로 낮은 산과 함께 그 산언저리에서 뼈처럼 하얗게 빛나고 있는 십자가가 보이는 것을 빼면 무엇 하나 내 방과 다를 게 없었다. 창문을 등지고 있는 텔레비전은 내 방의 그것처럼 나보다 오래돼 보였고, 그걸 얹고 있는 냉장고 역시 내 방의 그것처럼 나보다 오래돼 보였다. 그 둘을 중심으로 양쪽 벽을 따라 침대와 개인사물함이 각각 세 개씩 마주 보게끔 늘어서 있었는데 그것들은 아빠보다도 더 오래돼 보였고.

아빠의 침대는 창가에 위치한 두 개 중 하나였다. 그 두 침대는 침대 옆면을 창문벽에 바짝 붙임으로써 창문턱을 선반처럼 활용하고 있었는데, 베이비로션과 참기름 병 따위들이 어지럽게 널려 있는 맞은편의 창문턱과는 달리 아빠의 창문턱에는 책 세 권만이 얌전히 누워 있었다.

아빠는 삼선슬리퍼를 벗고 침대 위로 올라갔다. 그러고는 다리를 쭉 펴더니 이곳이 마치 자기 집 안방인 양 굴었다.

"좀 주물러봐라."

시키는 대로 한 30초쯤 하고 있었을까, 아빠가 같은 방 사람들에게 말했다.

"냉장고에 있는 바나나우유 누구 거예요?"

아빠한테서는 제일 멀고 문에서는 제일 가까운 침대에 누운, 그러니까 겹쳐놓은 베개 두 개에 머리를 비스듬히 기댄 채 꺼져 있는 텔레비전을 물끄러미 바라보던 할아버지가 손을 번쩍 들었다.

"어르신, 내일 아침 일찍 사다 드릴 테니까 지금 제가 좀 먹어도 되겠습니까?"

할아버지가 손가락으로 동그라미를 만들어 보이자 아빠는 "봤지?"라며 나에게 그것을 꺼내오게 했다. 나는 이번에도 말없이 시키는 대로 했다. 그러자 아빠는 개인사물함을 뒤져 빨대를 꺼내더니 그것의 초록색 뚜껑에 꼭 엉덩이에 주사를 놓듯이 콕 하고 꽂았다. 그러고는 내게 도로 주었다.

"자, 수고비."

나는 쪽쪽 빨았다.

"안 뺏어 먹어. 천천히 마셔."

나는 그렇게 했다. 그리고 그것이 삼분의 일쯤 남았을 때 나는 빠는 일을 멈췄다. 아빠의 맞은편 침대에 누워 있던 아저씨가 콧구멍에서 콧줄을 살짝 떼어내며 내게 말을 걸었기 때문이었다.

"새로 왔니?"

흰머리와 주름살이 가득했는데도 침대에 달린 이름표를 보니 아빠보다 겨우 아홉 살밖에 많지 않았다. 나는 고개만 까딱해 보였다.

"어쩐지 처음 본다 했다." 콧줄을 도로 꽂으며 그가 다시 물었다. "근데 둘이 무슨 사이?"

답은 우리 둘을 대표해서 아빠가 했다.

"뭐, 좀 아는 사입니다."

뭐, 딱히 틀린 말은 아니었다. 뭘 제대로 안다면 우유를 먹으면 백발백중 설사를 일으키는 젖당불내증이 있는 자식에게 그런 걸 주지는 않았을 테니까.

"네가 올해 3학년이지?"

그래도 이건 좀 심했다. 나는 손가락을 두 개 펴 보이는 것으로 답을 대신했다.

"아직 그것밖에 안 됐다고? 그때 마지막으로 봤을 때가 6학년 아니었어?"

이번에는 다섯 개.

"그래? 이상한데……. 분명 6학년이었는데……. 보자, 5학년이면" 아빠는 손가락을 하나씩 접기 시작했다. "팔, 구, 십, 십일, 십이. 십이면 열두 살, 열두 살 빼기 여덟 살이면……. 맞네. 네 말이 맞네. 그다음 해에 네 동생이 다섯 살 돼서 유치원에 들어갔으니까."

물론 여기서 말하는 내 동생이란 새엄마가 낳은 녀석을 뜻한다. 이름은 김건우. 내 이름과 두 글자는 완전히 똑같고 안 똑같은 끝 글자도 초성만 빼면 다른 게 없다. 하지만 피는 완전히 달랐다. 나는 A형과 B형 사이에서 태어나 AB형이지만 걔는 A형과 O형 사이에서 태어나 O형이었다. 인정하기 싫지만, 아빠와 새엄마 사이에서 태어났기 때문에 아빠와 엄마 사이에서 태어난 나보다 잘생겼다. 하지만 프로그래머와 평범한 여자 사이에서 태어났기 때문에 프로그래머와 글쓰는 여자 사이에서 태어난 나보다 똑똑하지는 못할 것이다.

"그래, 중학교에 가서 친구는 많이 생겼고?"

아빠가 다시 물었고, 나는 누구처럼 뭘 숨기거나 하고 싶지 않았기 때문에 이번에는 손가락을 하나도 펴지 않았다.

"한 명도?"

나는 침묵을 지키는 것으로 답을 대신했다.

"뭐, 괜찮아. 그런 거 없어도 돼."

아빠는 그렇게 말하고는 창문턱으로 손을 뻗더니 "대신 이게 있잖아"라고 덧붙이며 거기 얌전히 눕혀져 있는 것들을 집어 들었다. 그러고는 내게 내밀며 "자, 친구들" 하고 말했다.

아빠가 내게 소개시켜준 친구들은 모두 남자였는데, 하나는 우리나라 사람이었고 둘은 다른 나라 사람이었다. 하지만 같은 점도 있었다. 김유정 씨와 프란츠 카프카 씨 그리고 안톤 체호프 씨의 책은 모두 엄마의 책장에 꽂혀 있는 것들이었다. 즉 아빠에겐 좀 미안하지만, 우리는 이미 잘 아는 사이였다.

아빠는 친구를 소개시켜준 그 단순한 몸짓만으로도 숨이 차는지 맞은편 침대에 누워 있는 아저씨처럼 산소통과 연결된 콧줄을 콧구멍에 꽂았다. 그리고 몇 초 후 한결 잔잔해진 호흡으로 내게 또 하나의 질문을 던졌다.

"너, 걔들의 공통점이 뭔지 아냐?"

나는 고개를 끄덕였다.

"뭔데?"

"지루한 소설을 썼다는 거요."

"아니, 그런 거 말고."

"엄마가 좋아하는 사람들이라는 거요."

"아니, 그것도 말고."

"그럼 몰라요."

"왜 몰라. 나랑 네가 답인데."

나는 아빠를 머리끝부터 발끝까지 찬찬히 훑어보았다. 그런 다음 이번에는 기어 다니는 벌레를 찾듯 내 몸을 하나하나 뜯어보았다. 하지만 그 어디에도 답은 보이지 않았다. 결국 나는 어깨를 으쓱해 보일 수밖에 없었고, 그러자 딱하다는 표정으로 아빠가 말했다.

"다 우리랑 같은 병으로 죽었잖아."

18일

새엄마는 아침 7시쯤 왔는데 건우는 데려오지 않았다. 그리고 8시쯤 아빠를 차에 넣고 나를 따로 불러서는 만 원짜리 세 장을 쥐여 주었다. 그러다 엉엉 울기 시작했고, 그래서 이번에는 내 쪽에서 그녀의 손에 티슈를 왕창 쥐여 주어야 했다. 나는 항상 티슈를 주머니에 넣고 다녔다. 왜냐하면 가래를 뱉을 땐 반드시 휴지에 싸서 버려야 하는 것이 이곳에서 쫓겨나지 않으려면 지켜야 하는 것들 중 하나였으니까.

"울지 마세요."

새엄마는 내 말을 듣지 않았다. 새로 갈아입은 내 맨투맨 티셔츠만 축축해질 뿐이었다. 하지만 나는 같은 말을 반복하지는 않았다. 소용없는 일이기 때문이었다. 어제저녁 같은 방 사람들이 한 번씩 돌아가며 내게 같은 말을 했지만 나는 누구의 말도 듣지 않았다. 울음이란 그렇게 제멋대로인 것이다. 그걸 알면서도 내가 그렇게 말한 것은 그렇게라도 말하지 않으면 나까지도 울음에 전염되어 한 나무 아래서 남편을 잃은 한 여자와 그녀의 남편이 전처와의 사이에서 낳은 한 학생이 사이좋게 울고 있는, 어쩌면 매우 아름다울지도 모를 광경이 연출될 것만 같아서였다. 그건 엄마에 대한 배신이었다.

"건강해라."

"그럴 수 없는 거 아시잖아요."

"그래도 노력은 해봐야지."

"아빠는 뭐 노력 안 해봤나요."

새엄마가 8시 40분쯤 아빠를 데리고 나갈 때 나는 아빠를 배웅하지 않았다. 아니, 하고는 싶었지만 그럴 수 없었다. 오전 8시 30분부터 10시까지는 이곳의 표현에 따르자면 '환자의 정신적·육체적 안정과 결핵 치료의 효율성 증진을 위해 병실에만 머물며 안정을 취해야 하는' 이른바 '안정 시간'이었기 때문이었다. 그래서 나는 창가에 서서 앞마당을 가로질러 병원 밖으로 빠져나가는 장의차를 끝까지 지켜보는 것으로 작별 인사를 대신하려고 했다. 하지만 이마저도 나는 할 수 없었다. 왜냐하면 앞마당은 남쪽에 있었고, 내 방은 북향이니까.

19일

병동 앞마당에는 은행나무가 두 그루 자라고 있었다. 둘 다 병원이 들어서기 전부터 살았다고 하니 육십 살은 확실히 넘었는데, 하나는 키가 컸고 나머지 하나는 키가 작은 대신 뚱뚱했다. 어제 새엄마가 땅바닥에 주저앉을 때 손을 짚었던 키 큰 나무 근처에는 잡초밖에 없었지만 며칠 전 장수현 씨가 목을 맨 뚱뚱한 나무 아래에는 벤치가 하나 놓여 있었다. 벤치는 세 사람이 앉기에는 좀 짧고 두 사람이 앉기에는 좀 길었는데, 소등 시간을 10분 정도 남겨 놓았을 때 나는 혼자 다 차지하고 누웠다. 거기에 누웠을 때 밤하늘을 가장 넓게 볼 수 있어서였다. 한 1분쯤 흘렀을까, 나는 두 눈을 감았다. 그렇게 했을 때 가장 멀리까지 볼 수 있어서였다.

이윽고 아빠, 엄마, 나 우리 셋이 살던 206동 802호가 큰 신발, 작은 신발, 아주 작은 신발 세 켤레가 놓인 현관부터 차츰차츰 보이기 시작할 무렵, 누군가가 내게 말을 걸었다.

"애야, 왜 우니?"

나는 눈을 떴다. 처음 보는 아줌마였는데 나와 같은 차림새를 하고 있었다. 즉 바지는 흰색 바탕에 푸른색 줄무늬가 들어간 것을 입고 있었지만 윗옷은 왼쪽 가슴에 병원 이름이 조그맣게 새겨진 회색 맨투맨을 입고 있었다.

"울긴 누가 운다고……."

나는 주먹으로 눈언저리를 문지르며 윗몸을 일으켰다. 그러자 그녀가 막 생겨난 버스 빈자리를 차지하듯 내 등 뒤에 앉았다. 앞에서 잠깐 말했듯이 세 사람이 앉기에는 좀 짧고 두 사람이 앉기에는 좀 긴 벤치였지만 내가 윗몸만 일으켰을 뿐 몸의 방향은 그대로 둔 채 여전히 그것의 3분의 2 이상을 차지하고 있었기 때문에 그녀의 옆면이 나의 뒷면에 바싹 달라붙었다. 다른 사람과 몸이 닿는 건 내가 정말 싫어하는 것 중 하나였기 때문에 나는 몸을 그녀 쪽으로 90도 돌려 그녀와 나란히 앉았다. 즉 최대한 떨어져 앉았다.

"몇 층에 사니?"

그녀가 물었고, 나는 우리 앞에 솟아 있는 건물의 가장 높은 곳을 가리켰다.

"아이고, 어린 게 어쩌다……."

그러면서 그녀는 자신은 이 병에 걸린 게 처음이고, 그래서 1차 약을 먹기 때문에 2층에 산다고 덧붙였다.

"축하드려요."

내가 말했다.

"이게 축하받을 일이니?"

"당연하죠. 여섯 달만 약을 먹으면 집에 갈 수 있잖아요."

그녀는 고개를 가볍게 끄덕이며 한숨을 내쉬었다. 과연 초보 폐병쟁이의 한숨이어서 그런지 평소의 내 한숨에 비해 훨씬 길었다.

"하긴," 그녀가 말했다. "2년을 먹어야 하는 너에 비하면 짧은 시간일지도 모르겠구나."

"저, 2년 아닌데요."

"엉? 좀 전에 5층에 있다고 하지 않았니?"

"그랬죠."

"그 말은 2차 약을 먹는다는 뜻이잖아?" 그녀는 내가 그랬듯 손가락으로 병동 건물을 가리켰다. 그러고는 2층을 시작으로 손가락을 한 층 한 층 위로 가져가며 덧붙였다. "1차 약 먹는 여자들, 2차 약 먹는 여자들, 1차 약 먹는 남자들, 2차 약 먹는 남자들. 내 말이 틀려?"

"아뇨, 안 틀려요."

"거봐, 그럼 2년 맞잖아."

"맞기는 맞죠." 봉숭아 물을 들인 그녀의 손톱을 바라보며 나는 덧붙였다. "문제는 그 2년이 약이 듣는 사람에게나 해당되는 시간이라는 거죠."

"그 말은……. 아니, 어쩌다가 벌써?"

나는 어깨를 으쓱해 보이며 대답했다.

"그걸 누가 알겠어요."

침묵이 찾아들었다. 고요한 가을밤에 처음 보는 남자와 여자가 함께 지켜나가기에 적당한 무게와 길이의 침묵이었다.

"근데, 왜 울고 있었니?"

그녀는 궁금한 게 많은 모양이었다. 하긴, 이 병에 걸린 사람치고 안 그런 사람을 못 봤지만. 아무튼 그 이유는 잘 모르겠지만 오늘은 왠지 아무것도 감추고 싶지 않은 밤이었기 때문에 나는 솔직하게 말해주었다.

"돌아가고 싶어서요."

"집으로?"

"옛날로요."

"아, 이 병에 걸리기 전으로?"

"훨씬 더 옛날로요."

"몇 살이니?"

나는 가르쳐주었다.

"그럼 열 살쯤으로?"

"훨씬 더 옛날로요."

"일곱 살?"

"조금 더 옛날로요."

"네 살? 아니, 세 살?"

"네, 그 정도면 될 것 같네요."

"그래? 근데, 왜?"

"생각 없이 살고 싶어서요."

다시 침묵이 흘렀다. 그녀는 밤하늘을 올려다보았고, 나는 우리 앞을 지나가는 고양이를 내려다보았다. 고양이는 치즈색이었는데 배가 볼록하고 한쪽 뒷다리를 절뚝거렸다. 여긴 아이를 받을 줄 아는 의사도 없고 뼈를 바로잡을 줄 아는 의사도 없고 그저 가슴 속을 들여다보는 것밖에 할 줄 모르는 의사들뿐인데 왜 하필 여기로 온 것일까,

뭐 이런 싱거운 궁금증이 생기려던 찰나 그녀가 우리 주변에 널브러진 낙엽 위로 진득한 가래를 뱉었다. 가래는 이 병에 걸린 사람의 것답게 고양이보다 짙은 치즈색을 띠고 있었다. 입술에 매달려 대롱거리는 침을 소매로 닦으며 그녀가 말했다.

"손 좀 줘보겠니?"

나는 이유를 물었다. 신체는 그것이 아무리 일부라고 해도 이유를 알기 전에는 줄 수 없는 것이니까.

"줄 게 있어서 그래."

나는 그녀와 가까운 손을 주었다. 그러자 그녀가 역시 나와 가까운 손으로 내 손목을 비틀어 나의 손바닥이 하늘을 보도록 만들었다. 그러고는 그 손바닥 위에 자신의 남은 손을 올려놓았다. 무례한 짓이었고, 그래서 기분이 더러워졌다. 동시에 차가움과 무거움이 느껴졌다. 그녀가 내 손바닥 위에 두고 간 동전은 모두 오백 원짜리였는데, 열 개도 넘을 것 같았다. 나는 그녀의 얼굴을 똑바로 쳐다보며 말했다.

"뭐 하는 거죠?"

"뭐 하기는. 주는 거지."

"그러니까 이걸 왜 저한테 주는 거냐고요."

"어른이 아이한테 용돈도 못 주니?"

"저랑 친하세요?"

"꼭 친해야만 주는 거니?"

"친해도 안 주는 게 돈이죠."

여자치고는 좀 큰 편에 속하는 그녀의 얼굴에 당혹감이 번지기 시작했다. 그러거나 말거나 나는 많은 동전들, 즉 값싼 동정들을 전부

돌려주고 깨끗이 일어서기로 했다. 그런데 계획이 틀어지고 말았다. 그녀가 이렇게 말해버렸기 때문이었다.

"널 보니까 죽은 내 아들이 생각나서 그래. 살아있었다면 딱 네 나이쯤 됐을 거야."

약 1분 후, 옆자리의 친구가 떠나자 나는 다시 누웠고, 다시 눈을 감았다. 그리고 이번에는 206동 802호 대신 그것보단 훨씬 가까운 곳에 있을 중국집을 보기 위해 노력했다.

'하, 이거 곤란한데……. 어머님, 어머님도 이제는 잘 아시겠지만 보통은 이 병에 걸려도 1차 약을 먹고 다 낫거든요. 먹은 지 한두 달 안에 균이 잡히고, 거기서 대여섯 달 정도 더 먹으면 치료가 끝나는 거거든요. 근데 이상하게 아드님은 약을 먹은 지 석 달이 지났는데도 균이 안 잡혀서 제가 혹시나 하고 약제내성검사란 걸 해봤거든요. 1차 약에 내성을 가져서 균이 안 잡히는 거면 그냥 지금부터 바로 2차 약으로 넘어갈까 싶어서요. 간혹 그런 사람들이 있거든요. 처음 걸렸는데도 1차 약이 아예 듣지 않는 사람들이요. 아무튼 2차 약이라는 게 1차 약에 비해 먹어야 하는 약의 양도 많고, 또 아침에 한 번이 아니라 아침 점심 저녁으로 먹어야 하고, 그리고 무엇보다 최소 1년 6개월 이상을 먹어야 하지만 그래도 하루라도 빨리 균을 잡는 게 중요하니까요. 그래야 어머님한테도 전염이 안 되지 않겠어요? 근데 이거 참, 모든 약에 내성을 가지고 있는 걸로 나오는 거 있죠. 1차 약은 물론이고 2차 약까지 전부요. 한마디로 세상에 나와 있는 열 몇 개의 항결핵제 중에서 아드님한테도 듣는 건 하나도 없다는 거죠. 이게 진짜로 드문 일인데, 아무래도 처음 전염될 때부터 슈퍼결핵에 전염된 게 아닌가 싶네요. 그러니 저희로서도 뭐 어떻게 할 도리가 없네요. 어찌 됐든 2차 약이라도 먹이면서 기적을 바랄 수밖에요. 그래서 말인데, 남쪽 지방에 이 병만 전문적으로 치료하고 관리하는 병원 겸 요양원이 있어요. 거기 가면 아드님 같은 사람이 많으니까 아드님을 거기로 보내보는 건 어떻겠어요? 어차피 이 상태면 학교도 못 갈 테고, 또 괜히 집에서 같이 지내다가 어머님까지 아드님 꼴 나면 좀 곤란하지 않겠어요? 그리고 일단 거기는 나라에서 관리하는 데라서 병원비 걱정은 안 하셔도 될 거예요.'

서울의 의사가 이렇게 말하던 날, 엄마는 나를 중국집에 데려갔다. 평소에는 자장면 두 그릇만 시켰지만 이날은 탕수육도 시켰다. 엄마는 책 사는 데는 돈을 하나도 안 아끼지만 먹는 데는 누구보다 근검절약하는 사람이었기 때문에 중학교에 올라가고 처음 맛보는 탕수육이었다. 나는 찍어 먹는 게 좋은데 엄마는 소스를 부으며 말했다.

"선생님 말씀 들었지?"

나는 하나를 얼른 입에 넣으며 고개를 끄덕였다.

"엄마가 어떡했으면 좋겠니?"

"뭘 어떡해. 시키는 대로 해야지."

"그럼 엄마는 어떡하고?"

나는 하나를 더 입에 넣었다.

"너 엄마 안 보고 살 수 있어?"

나는 고개를 저었다.

"근데도 가겠다고?"

나는 하나를 더 입에 넣었다.

"안 뺏어 먹어."

나는 천천히 씹었다.

"맛있어?"

나는 고개를 끄덕였다.

"그럼, 엄마가 약속할게. 꼭 내년 안에 당선돼서 너랑 나랑 따로 잘 수 있는 집을 구할게. 전에 살던 206동 802호 같은 그런 집으로."

"그냥 다시 달라고 하면 안 돼?"

"안 돼. 널 갖는 조건으로 줘버렸잖아. 한 번 준 건 다시 달라고 하는 거 아냐."

조금만 더 가면 내가 좋아하는 장면이 나왔지만 나는 거기까지만 떠올려야 했다. 누군가 내 한쪽 손목을 덥석 움켜잡았기 때문이었다. 눈을 뜨자 달처럼 곰보 자국이 가득한 얼굴이 나를 내려다보고 있었다. 이곳에는 과자도 팔고 라면도 팔고 치약이나 휴지 같은 생필품도 파는 매점이 하나 있는데, 그곳의 주인 할머니였다.

그녀가 오므리고 있는 내 손을 억지로 폈다. 그러더니 진심 어린 목소리로 말했다.

"잡았다, 도둑놈."

나는 몸을 일으켰다. 그리고 그녀 못지않게 진심 어린 목소리로 물었다.

"혹시 정신 나가셨어요?"

"뭐? 정신 나갔냐고? 니 지금 내한테 그리 말했나?"

군이 답할 필요는 없을 것 같았다. 나는 입을 꾹 다문 채 손을 도로 오므렸다.

"와, 대가리에 피도 안 마른 놈이 말하는 뽄새 좀 보거래이. 처음 왔을 때 얼라가 이런 데 와서 얼마나 힘들겠냐고 쓰레기통도 오백 원이나 깎아줬더만, 뭐라꼬? 정신이 나갔냐고?"

원활한 소통을 위해서라도 일단은 그녀를 진정시킬 필요가 있어 보였다.

"진정하세요, 할머니. 할머니가 화내시는 거 저 충분히 이해해요. 그러니까 할머니도 저를 좀 이해해주셔야죠. 사탕 하나 훔쳐본 적 없는 절더러 도둑놈이라고 하는데 어떻게 제 입장에서 그런 의심을 안 품을 수가 있겠어요, 네?"

아무래도 통하지 않은 것 같았다. 이렇게 말하는 것으로 봐서.

"내는 니가 저기서 내 돈 갖고 간 거 다 알고 있다."

그러면서 그녀는 팔을 뻗어 병동 건물의 1층 출입구 쪽을 가리켰다. 유리로 된 출입문 앞에는 지붕이 달린 테라스가 자리하고 있었는데, 열 평 남짓한 그 직사각형의 공간에는 두 개의 플라스틱 의자와 함께 내 키만 한 커피 자판기 한 대가 놓여 있었다. 자판기는 문이 활짝 열려 있었다. 아마도 떨어진 재료를 채워 넣으려고 잠시 열어둔 모양이었다.

"내가 물 뜨러 화장실 간 사이에 동전통에서 오백 원짜리만 쏙 빼간 거 내가 모를 줄 아나."

그녀는 그 증거가 내 손 안에 있다고 덧붙였는데, 그게 뭘 말하는지 군이 언급할 필요가 있을까. 아까는 눈알을 찔린 것처럼 눈물이 핑 돌았는데 이제는 뒤통수를 맞은 것처럼 눈앞이 빙글빙글 돌았다.

"근데요, 할머니." 애써 정신을 가다듬으며 나는 말했다. "자판기엔 원래 화장실 물을 쓰는 건가요?"

"무, 무슨 소리 하노. 화장실 물 쓴 적 없다." 어째서일까, 그녀가 팔짝 뛰었다. "차, 참말이다. 내는 정수기 물만 쓴다. 화장실에는 그, 그래, 손 씻으러 간 기다."

나는 그녀의 손을 내려다보았다. 하지만 내 손목을 붙들고 있는 그녀의 쭈글쭈글한 손에서 물기 따위는 찾아볼 수 없었다.

"내가 생긴 건 이래도," 그녀가 말을 이었다. "양심은 메이커다. 참말이다. 니가 뭘 몰라서 그러는데, 내 자판기는 세상에서 젤로 깨끗하다. 왜? 못 믿겠나?"

나는 고개를 들어 그녀의 눈을 다시 쳐다보았다.

"그거야 믿죠."

"뭐? 믿는다고?"

"네, 그럴 수밖에 없으니까요. 제가 18일 동안 지켜봤는데 할머니의 자판기는 할머니의 세상까지는 잘 모르겠지만 적어도 제가 아는 세상 안에서는 제일 깨끗하니까요. 솔직히 말씀드려서, 저는 지금까지 할머니 자판기보다 깨끗한 자판기를 본 적이 없어요."

"차, 참말로 그리 생각하나?"

"네, 정말로 그렇게 생각해요. 보증 같은 건 목에 칼이 들어와도 서면 안 된다고 배웠지만 할머니의 자판기 정도라면 뭐, 설 수도 있을 것 같네요."

그녀는 가만히 내 손을 놓아주었다. 그러더니 꾹꾹 눌러왔던 속마음을 터트리듯 "그라모 내도 한번 솔직히 말해볼게"를 시작으로 다음과 같은 긴말을 숨도 안 쉬고 줄줄 쏟아냈다.

"내가 청소만 열심히 하는 줄 아나? 천만의 말씀 만만의 콩떡인기라. 재료도 제일로 좋은 것만 갖다 쓴다 아이가. 프리마고 커피고 내는 동서 아니면 안 써. 근데 여기 있는 놈들은 뭐라는 줄 아나? 내가 지들 생각해서 그러는 것도 모르고 커피 맛이 파이단다. 지들이 커피 맛을 언제부터 알았다고. 기도 안 찬다, 진짜. 그리고 이왕 말이 나왔으니까 그것도 한번 따져보자. 내가 봉다리 값을 백 원씩 받는다고 내보고 돈에 환장했다고 해쌌는데, 모르면 가만있어라 캐라. 내가 그러는 거는 돈 때문이 아이다. 봉다리가 안 썩기 때문이지. 종이는 썩지만 봉다리는 안 썩는다. 그라모 우찌 되겠노? 자연이 아프게 된다. 너거들이야 여기서 약이라도 주지만 자연은 누가 약을 주겠노. 와? 니가 줄 기가? 봐라, 아무도 안 준다. 자연만 억울한 기라."

나는 적어도 봉지에 있어서만큼은 그녀의 말이 상당히 일리가 있다고 생각했다. 그래서 물었다.

"그럼 그렇게 번 돈은 환경단체 같은 데 기부하시는 건가요?"

"어? 기부?"

그녀는 당황한 기색이 뚜렷한 얼굴로 이번에는 띄엄띄엄 말을 이었다.

"꼭 그런 거는 아이고……. 그게 그러니까 내가 봉다리 값을 꼬박꼬박 받으면…… 그래, 사람들이 봉다리를 두 개 쓸 것도 한 개만 쓸 거 아니가. 그라모 자연이 자연적으로 좋아지는 거 아니겠나."

이 또한 일리가 있는 말이었다. 나는 이제는 내 스스로 손바닥을 펼쳐 보이며 말했다.

"아무튼 할머니, 이 돈은 저기서 가져온 돈이 아니라 여기서 생긴 돈이에요. 어떤 아줌마가 아들이 생각나서 주셨거든요."

"아들? 무슨 아들?"

"죽은 아줌마 아들이요."

"아줌마가 죽었다고?"

"아니요, 아줌마 아들이 죽었다고요."

"그러니까 아줌마가 아들이 죽어서 니한테 돈을 줬다고?"

"아니요, 죽어서 준 게 아니라 죽었는데 생각이 나서 줬다고요."

"아, 아줌마가 아들이 죽었는데 너를 보니까 아들이 생각이 나서 그 돈을 줬다고?"

"네, 할머니, 바로 그거예요."

"야이야." 그녀가 한층 차분해진 목소리로 말했다. "니가 내라면 그 말을 믿겠나?"

그래서 나도 보다 차분한 목소리로 대답했다.

"당연히 안 믿죠. 근데 할머니라면 믿겠죠."

"뭐라꼬? 내는 믿는다고? 뭘 믿고 그리 생각하는데?"

"뭘 믿는 건 아니고요, 할머니의 목걸이가 그렇게 말하고 있으니까요."

나는 그렇게 말하면서 그녀의 잔뜩 주름진 목을 가리켰다.

"엄마가 그랬거든요." 나는 말을 이었다. "은으로 된 하나도 안 예쁜 십자가를 목에 걸고 다니는 사람이야말로 올바른 예수쟁이라고. 그리고 올바른 예수쟁이는 사람을 있는 그대로 보고 이해하고 또 믿어준다고."

그녀는 잠시 말이 없다가 내 이름을 물었다. 나는 가르쳐주었다.

"성은 뭔데?"

그건 가르쳐줄 수 없었다. 그녀의 이름을 한 글자도 모르는 내 입장에서 보자면 그건 너무 불공평했으니까.

"그래, 싫으면 말아라. 대신 내가 묻는 말에 바른대로 말해줄 수는 있겠나?"

그 정도는 얼마든지 가능하다고 나는 말했다.

"니한테 돈 준 아줌마 있다 아이가. 그게 누군지 나한테 말해줄 수 있겠나?"

"차라리 성을 가르쳐드릴게요."

"…… 니 지금 그 도둑년을 감싸는 기가?"

"그런 거 아니에요."

"그런 게 아니면 뭔데?"

"사람답게 굴고 싶을 뿐이에요."

"뭐? 사람답게 굴고 싶다고? 그 말은, 도둑년을 감싸야지 사람답다 이 말이가?"

"할머니도 참. 어째서 하나만 알고 둘은 모르세요."

그녀의 얼굴에 또다시 당혹감이 서렸다. 그녀의 표정을 되돌려놓기 위해서라도 나는 얼른 말을 이었다.

"맞아요. 할머니의 입장에서 본다면 그 아줌마는 도둑년이라 불려도 할 말이 없는 사람이겠죠. 그렇지만 제 입장에서 보자면 그게 꼭 그렇지가 않아요. 감옥행을 각오하면서까지 어렵게 훔친 동전들을 아무런 보상도 바라지 않고 저한테 모두 주신 고마운 분이에요. 그러니 그런 분을 팔아넘기라는 건 저더러 유다와 같은 길을 가라는 의미와 다르지 않아요. 할머니도 예수쟁이시니까 잘 아실 거 아니에요. 할머니는 그 사람이 사람답게 살았다고 생각하세요?"

그녀는 답이 없었고, 나는 그녀의 손을 잡았다. 나는 그녀가 내게 그랬던 것처럼 그녀의 손을 억지로 폈다. 그런 다음 그녀의 손바닥 위에 내 손에 들린 동전들을 모두 올려놓았다.

그녀가 내 이름을 불렀다.

"네, 할머니."

"니는 천국에 갈 기다."

"죄송한데요 할머니, 전 거기 못 가요." 바지에 달라붙은 모기를 찰싹 때려죽이며 나는 덧붙였다. "있지도 않은 곳에는 갈 수 없으니까요."

"뭐라노. 천국이 없기는 왜 없노." 그녀가 말했다. "못 믿겠으면 저기 가서 물어봐라."

나는 그녀의 손가락을 눈으로 좇았다. 이번에는 병동 건물의 반대 방향이었고, 거리상으로는 자판기가 서 있는 곳보다 훨씬 먼 곳이었다.

"가면요?" 그녀의 손가락이 가리키는 지점을 계속해서 쳐다보며, 즉 산으로 이어진 약 100미터짜리 오솔길의 끝자락에 솟아 있는 작은 건물의 'ㅅ'자 지붕 위에서 뼈처럼 하얗게 빛나고 있는 십자가를 쳐다보며 내가 말했다. "가본 사람이라도 살고 있나요?"

"그런 사람은 안 살아도 수녀님은 산다. 신부님도 일주일에 한 번씩 오신다."

신부는 못 봤지만 수녀라면 한 번 본 적이 있었다. 내가 이곳에 온 지 일주일쯤 됐을 때였다. 아빠가 새벽에 피를 많이 토해서 아빠가 시키는 대로 혼자서라도 아침 걷기운동을 하고 들어오던 길이었는데, 그녀는 100미터 밖에서 봐도 수녀임을 알아볼 수 있는 복장을 하고서 병동을 돌아다니며 바나나를 나눠주고 있었다. 예의를 지키기 위해 나이를 물어보진 않았지만 엄마보다는 많고 새엄마보다는 적어 보였다. 그리고 태어날 때부터 그런 건지 아니면 태어날 땐 안 그랬는데 수녀를 직업으로 택하고 나서 이런저런 빛에 너무 많이 노출되어서 그런 건지 얼굴이 나보다 더 까맸다. "미안하지만 한 사람당 하나씩밖에 줄 수 없단다"라고 내게 사과하며 미소 지을 때 보니 왼쪽 뺨보다 약간 더 옴폭한 오른쪽 뺨 안쪽에는 어금니가 하나도 남아 있지 않았다. 내가 예수쟁이였거나 아빠가 많이 아프지만 않았어도 웃는 모습이 예쁘다는 립 서비스라도 해주었을 텐데…….

"할머니, 제가 저기 갈 일은 없어요." 아무튼 나는 말했다. "가는 순간 만 원이나 갖다 바쳐야 하는데 제가 돌았어요, 저길 가게."

"만 원? 무슨 만 원?"

"무슨 만 원이긴요. 제 전 재산이 십만 원이니까 만 원을 떼어갈 거 아니에요."

"아이다, 저기는 십일조 안 받는다." 그녀는 아무것도 쥐고 있지 않은 손을 펴서 마구 휘저었다. "대신 돈을 준다. 달에 육만 원씩 준다."

나는 그녀의 꼬불꼬불한 머리카락을 3초쯤 쳐다보았다. 그리고 진심을 담아 물었다.

"정말로 정신이 나가신 거예요?"

"아이다. 내 정신은 멀쩡하다." 그녀는 다시금 손사래를 쳤지만 그 목소리만큼은 조금 전과는 달리 차분했다. "못 믿겠으면 직접 가보면 될 거 아니가. 정 불안하면 그래, 일단 천 원만 들고 가 보든가."

나는 얼른 자리에서 일어났다. 그때 우리가 있는 곳보다는 높고 밤하늘보다는 낮은 곳에서 "김건수" 소리가 들렸기 때문이었다. 그건 내 이름이었고, 그 소리의 출발지에는 동그란 금테 안경을 쓴 간호사가 5층 창문 밖으로 몸을 내밀고 있었다. 그녀가 다시 소리쳤다. 소등 시간이 지난 지가 언젠데 왜 아직까지 거기 있는 거냐고, 당장 들어오라고.

"알겠제? 꼭 가봐라."

할머니가 말했고, 나는 "네"라고 대답했다. 물론 간호사를 향해서.

21일

신부는 나를 친절하게 대해주었다. 예배당 맨 앞줄에 앉아 있는 나를 발견하고는 미사는 아직 한 시간이나 남았다고 알려주기도 했고, 성당은 언제부터 다녔냐고 물어봐 주기도 했다. 사랑에 빠진 신부가 주인공인 소설에 도전한 엄마를 따라 한 번 가본 적이 있었지만(엄마는 디테일을 살리기 위해선 신부의 직장 생활을 직접 볼 필요가 있다면서도 막상 성당에 혼자 가려니 무섭고 부끄럽다고 했다.) 나는 이번이 처음이라고 말했다. 그래야지 나를 단골로 만들기 위해 뭐 하나라도 더 챙겨줄 테니까.

어쨌든 연립방정식 수업만큼이나 따분했던 약 한 시간짜리 행사가 끝나자 그가 나에게 다시 와서는 처음 맛본 미사가 마음에 들었는지 물었다. 나는 안 들지는 않았다고 말했다. 그러자 그는 그럼 자신의 설교는 마음에 들었는지 물었다. 나는 그것 역시 마음에 안 들지는 않았다고 대답했다.

"그래? 그렇다면 어떤 부분이 특히 마음에 안 들지는 않았니?"

"바다가 땅보다 넓고 하늘은 그보다 더 넓다, 그런데 하늘보다 더 넓은 게 있다, 그건 바로 용서라는 관대한 마음이다, 이 부분이요."

물론 마음에 안 들지 않았을 뿐 실천할 마음은 눈곱만큼도 없었다. 내가 할망구에게 용서라는 관대한 마음을 베풀 일은 죽었다 깨어나도 없을 테니까.

그랬다. 나는 낚인 것이었다. 그 정신 나간 할망구의 거짓말에 놀아난 것이었다. 일주일에 한 번밖에 안 한다는 미사임에도 불구하고 그곳에 온 사람은 열 명밖에 되지 않았다. '별관'이라 불리는 이곳 병동만 놓고 보더라도 한 층당 15개의 병실이 들어서 있었다. 총 4개 층이니까 곱하기 4하면 병실은 모두 60개. 한 병실을 같이 쓰는 사람은 네 명에서 여섯 명. 그렇다면 이곳에 사는 사람이 아무리 적게 잡아도 이백 명은 훌쩍 넘는다는 건데 정말로 육만 원을 준다면 열 명이란 건 말이 안 되는 숫자가 아닌가. 내 피 같은 돈 천 원이 들어간 봉헌함을 보고 있자니 눈물이 핑 돌 것만 같았다.

"사실 그건 평생 자신을 추적하던 자베르 경감을 구해주며 장 발장이 한 말이란다. 장 발장이 누군지는 알지?"

"사람을 뭘로 보고……."

"아, 미안."

그러면서 그는 장 발장이 죽으면서 자신의 연인에게 했다는 말을 가르쳐주었는데, '언제까지나 사랑하라. 서로 사랑하는 것. 이 세상에 그 이외의 것은 별로 중요하지 않다'가 그것이었다.

"신부님," 내가 말했다. "그러는 신부님은 사랑을 해보셨나요?"

"당연하지. 설마 사랑 한 번 안 해보고 내가 이 옷을 입었을까."

삼십 대 초중반으로 보이는 그의 얼굴에 숨길 수 없는 뿌듯함이 서렸다.

"그럼 그 짓도 해보셨나요? 참고로 끝까지 간 걸 말하는 거예요."

뿌듯함이 숨어버리고, 그래서 아무 감정도 남지 않은 그 길쭉한 얼굴에 이제는 당혹감이 역시나 숨길 수 없을 만큼 서렸다.

"우리 그런 사적인 이야기는…… 그래, 좀 더 친해진 뒤에 하는 게 어떻겠니?"

그렇다면 나는 그 답을 영원히 알지 못할 터였다. 죽었다 깨어나도 우리가 친해질 일은 없을 테니까.

"좋을 대로 하세요. 참고로 전 시작도 못해 봤어요."

나는 그렇게 말하며 〈레 미제라블〉의 등장인물이 모두 앉고도 남을 만큼 긴 의자에서 일어났다. 밑져야 본전이니 육만 원에 대해 슬쩍 물어볼까 싶은 생각도 들었지만 생각만으로 끝냈다. 품위 있는 걸로 치자면 둘째가라면 서러울 직업군에 속한 사람에게까지 비웃음을 샀다간 생돈 천 원을 날린 것으로도 모자라 얼마 남지 않은 정신적 잔고마저도 탈탈 털리게 될 테니까.

"근데 이름이 뭐니?"

나는 가르쳐주었다. 물론 두 글자만.

"남자다운 이름이구나. 그래, 아빠가 지어주셨니?"

"아닌데요."

"아, 그럼 엄마가?"

"아닌데요."

"그럼 누가?"

"그냥 자기들 이름 뒷글자를 하나씩 따서 붙인 건데요."

그리고 잠시 후 나는 나머지 한 글자도 가르쳐주었다. 그가 이렇게 말했기 때문이었다.

"와, 두 분이 되게 많이 사랑하셨나 보구나……. 난 시몬이라고 해. 이건 내가 직접 지었지. 아니, 통째로 따왔다고 해야 하나? 뭐 아무튼 성은 채. 최가 아니라 채."

방으로 돌아온 나는 방 사람들의 쓰레기통을 뒤졌다. 그냥 가래를 뱉은 뒤에 돌돌만 휴지는 내 것을 비롯한 모든 쓰레기통에 차고 넘쳤지만 피가래를 뱉은 뒤에 돌돌만 휴지는 수남 씨 쓰레기통에서밖에 발견할 수 없었다. 나는 우선 나무젓가락을 이용해 피가래를 뱉은 뒤에 돌돌만 휴지를 전부 까만색 비닐봉지에 담았다. 그리고 남은 공간은 되도록 진득한 가래를 뱉은 뒤에 돌돌만 휴지들로 채웠다. 그 모습을 지켜보던 일흔아홉 살 강인식 씨가 내가 왜 그런 일을 하는지 궁금해했다. 나는 알면 다치신다고 말했고, 그러자 그는 더 이상 궁금해하지 않았다. 어쨌든 나는 비닐봉지를 들고 1층으로 다시 내려갔다. 좀 더 정확히는 1층 출입문을 열면 바로 나오는 테라스로.

테라스에서 여섯 계단 아래에 있는 앞마당에는 두 사람이 돌아다니고 있었지만 테라스 가장자리에 놓인 두 개의 플라스틱 의자에는 한 사람도 앉아 있지 않았다. 나는 플라스틱 의자 뒤쪽에 놓여 있는, 그러니까 테라스 한구석에 서 있는 커피 자판기 앞으로 갔다. 가서 무릎을 꿇고, 비닐봉지에 들어 있는 휴지 뭉치들을 하나하나 펼쳐서는 그 밑에 모두 쑤셔 넣었다. 나는 무릎과 손을 툭툭 털고 일어나 설탕커피를 한 잔 뽑았다. 그런 다음 두 개의 플라스틱 의자 중 한 곳에 앉아 홀짝이기 시작했다. 순전히 기분 탓이겠지만, 오늘따라 더 달콤했다.

한 5분쯤 지났을까, 저 멀리 울타리 쪽에서 걸어오는 수남 씨의 모습이 보였다. 수남 씨는 나보다 1년 빨리 이곳에 온 사람인데, 나이는 예수와 동갑인 서른세 살이었다. 하지만 신분은 아직까지 대학생이었다. 그는 부모운이 없는 사람이 순전히 자신의 노력만으로 부자가 되기 위해선 반드시 나와야 하는 서울대를 한방에 들어갔지만 3학년 때 폐가 발목을 잡는 바람에 10년이 지난 지금까지도 3학년 신세를 면치 못하고 있는 것이었다. 그는 베테랑 환자답게 나는 한 번도 경험해보지 못한 수술을 두 번이나 해봤다. 그의 말에 따르자면 우리들 폐는 해부학적으로 다섯 개의 폐엽으로 구성되어 있는데, 그중 왼쪽 것은 상엽과 하엽 이렇게 두 개로 나뉘어 있고 오른쪽 것은 상엽, 중엽, 하엽 이렇게 세 개로 나뉘어 있다. 그리고 수남 씨 같은 경우는 첫 번째 수술에서 왼쪽 상엽을 잘라냈고, 두 번째 수술에선 오른쪽 중엽과 하엽을 잘라냈다. 그래서 혜화동에 있는 서울대병원을 나서며 이제는 4학년이 될 수 있을 거라 믿었는데 이 병이 그리 호락호락하지 않았다. 어딘가 숨어 있던 결핵균이 남은 두 개의 폐엽에 다시금 둥지를 침으로써 또 한 번 그의 폐가 그의 발목을 잡았던 것이다. 그것도 나처럼 그 어떤 약도 듣지 않는 슈퍼결핵균이. 평생의 운을 수능 답안지를 채우는 데 다 써버린 게 분명했다.

그럼에도 불구하고 나는 그를 엄청 부러워했다. 왜냐하면 창가 침대를 쓰고 있어서였다. 그것도 오른쪽 창가 침대를 쓰고 있어서 그가 불러일으키는 부러움은 왼쪽 창가 침대를 쓰고 있는 박용구 씨가 불러일으키는 부러움과는 비교가 되지 않을 만큼 그 순도가 높았다. 그 침대에 누우면, 아니 그 침대에 누워야만 하루 두 번 서울로 가는 보잉 737기를 볼 수 있었으니까. 더욱이 그 시간대가 우연히도 아침 약과 저녁 약을 먹고 난 직후여서 한 움큼의 약들을 삼키고 그곳에 누워 하늘을 자유롭게 가르는 보잉 737기를 보고 있으면 잠시나마 뱃속에서 일어나는 부글거림을 잊을 수 있었다. 내가 그걸 어떻게 아느냐면, 직접 경험해봤기 때문이다. 그러니까 3대 독자인 수남 씨가 '매달 1회 담당 의사의 승인을 받아 3박 4일 이하 외박 가능' 규정에 따라 자기 아버지 제사를 지내기 위해 침대를 비웠을 때 내가 창가에서 가장 먼, 즉 문에서 가장 가까운, 그래서 복도의 말소리, 발소리, 간호 카트 굴러다니는 소리가 제일 잘 들리는 내 침대에서 잠시 벗어나 그곳에서 먹고 자봤기 때문이다.

참고로 창가 침대를 쓸 수 있는 방법에는 크게 두 가지가 있었다. 첫째, 침대의 주인이 방을 떠나면 방에 들어온 순서에 입각해서 자연스레 넘겨받는 방법. 둘째, 침대의 주인이 세상을 떠나면 적어도 하루는 아무도 그 침대에 가려고 하지 않는데 그때 잽싸게 차지하는 방법. 박용구 씨는 첫 번째 방법을 썼고 수남 씨는 두 번째 방법을 썼다. 나는 가급적이면 첫 번째 방법을 쓰고 싶었다. 그래서 하루라도 빨리 수남 씨가 몇몇 답 없는 환자들처럼 죽을 때 죽더라도 집에서 죽음을 맞이하겠다며 퇴원하기를 바랐지만, 동시에 그런 일은 결코 일어나지 않을 거라는 걸 누구보다 잘 알고 있었다. 약 20일 동안 지켜본 결과, 그는 하루에도 몇 번씩 자기 엄마에게 전화를 걸어 그녀가 오늘도

45분 이상 걸었는지, 오메가3와 비타민D는 식후에 바로 먹었는지 챙기는 세상에 둘도 없는 효자였다. 그런 그가 '공기 타기'의 명수인 이 병이 낫지 않은 상태로 늙은 엄마만 혼자 있는 집으로 돌아갈 일은 절대로 없을 테니까. 다시 말해 나와 같은 신세였으니까. 물론 우리 엄마는 이제 겨우 마흔이지만.

"동전 있으면 내 것도 한 잔 뽑아줄래?" 이윽고 앞마당을 가로질러 테라스 아래에 다다른 수남 씨가 테라스로 오르는 여섯 개의 계단을 천천히 밟으며 내게 말했다. "블랙으로."

나는 회색 맨투맨 위에 걸친 푸른색 줄무늬 윗옷의 주머니에 손을 찔러 넣었다. 설탕커피를 뽑고 잔돈으로 나온 백 원짜리 세 개가 한 손에 들어왔다. 나는 꽉 움켜쥐었다.

"어쩌죠, 형. 이백 원밖에 안 갖고 내려왔어요."

"그래? 할 수 없지, 뭐."

그는 그렇게 말하며 자판기 앞으로 다가섰다. 그러고는 주머니에서 지폐를 꺼내어 자판기에 밀어 넣으며 내게 물었다.

"너도 한 잔 더 마실래?"

"음, 커피요."

"밀크?"

"아니요. 설탕만 들어간 걸로."

"네 나이엔 밀크커피가 더 어울리지 않아?"

"우유는 저랑 안 맞아서요."

"어차피 진짜 우유도 아닌데…… . 이백 원짜리, 삼백 원짜리?"

"이백 원짜리면 충분해요."

"착해빠진 놈. 그냥 삼백 원짜리 마셔."

나는 몇 모금 남지 않은 설탕커피를 한입에 털어 넣고는 그가 건네는 새 설탕커피를 받아들었다. 앞서 말했듯 테라스에 놓인 의자는 모두 두 개였고, 남은 의자에 와 앉으며 수남 씨가 말했다.

"아침 먹고 한참을 안 보이던데, 나 몰래 뭐 맛있는 거라도 먹고 온 거야?"

"그건 아니고, 저기 좀 다녀왔어요."

나는 팔을 뻗어 저 멀리 보이는 'ㅅ'자 지붕의 건물을 가리켰다.

"가톨릭 신자였어?"

"아뇨. 그냥 한번 가봤어요."

"그냥 가보긴. 혹시나 하는 마음에 가봤겠지." 종이컵을 입으로 가져가다 말고 그가 덧붙였다. "괜찮아, 다 이해해. 우리 같은 사람치고 십자가를 향해 가슴을 들이밀어 보지 않은 사람은 없을 테니까. 다들 한 번쯤은 십자가에서 뿜어져 나오는 빛이 우리 폐에 달라붙은 균들을 소독해주진 않을까 기대하는 법이거든. 근데 가만 생각해보면 좀 웃긴 것도 같단 말이야. 그들 말대로 신이 이 세상의 모든 것을 창조했다면 이놈의 균을 만든 것도 따지고 보면 신이라는 거잖아. 근데 그걸 신이 죽여줄 거라 기대하는 꼴이라니……. 진짜 좀 웃기지 않아?"

듣고 보니 그런 것도 같았다.

"그럼 형은 신이 형의 균을 죽여주면 좋겠다는 생각을 한 적이 없나요?"

"당연하지." 그가 즉각 대답했다. "누가 뭐래도 난 진화론 신봉자니까. 너도 머리가 있으면 한번 생각해봐. 매년 삼만 오천 명의 환자

42

가 새로 생기고 그중 이천 명이 죽는데도 이 병을 과거에나 유행하던 후진국 병으로 치부하는 것을 보고 어떻게 우리의 조상이 원숭이가 아니라고 말할 수 있겠어. 안 그래?"

나는 이번에는 생각을 조금 해보기 위해 하늘을 쳐다보았다. 작년에 학교에서 배운 대로라면 하층운의 하나인 층구름이 흘러가고 있었다. 아니, 흘러가는 것이 아니라 얼마 전 수남 씨에게 배운 대로라면 구름을 이루는 물방울은 지름이 0.001센티미터밖에 안 되는데 물체가 작을수록 지구가 당기는 힘에 비해 공기의 저항이 커지는 원리에 따라 실은 달팽이가 기어가는 속도보다 느리게 땅으로 떨어지고 있었다.

그때 등 뒤에서 문 열리는 소리가 났다. 이 건물의 출입문은 그 문이 유일했고, 이곳에는 이백 명도 넘는 사람들이 살아가고 있었기 때문에 그 문을 통해 누군가가 나오는 것은 우리의 주목을 끌 만한 것이 되지 못했다. 하지만 문밖으로 나온 것이 환자나 간호사가 아니라 바퀴 달린 침대라면 그땐 얘기가 조금 달라질 수밖에 없었다. 더욱이 머리부터 발끝까지 녹색 천에 꽁꽁 싸인 사람이 실려 있는 침대라면 말이다. 아무튼 그것은 여섯 개의 계단을 바퀴로 쿵쿵쿵 밟으며 앞마당으로 내려갔다. 그러고는 담을 돌아가듯 테라스를 끼고 'ㄱ'자로 돌기 시작했다.

"왜 저러는지 모르겠어요."

생각은 일단 접어두며 내가 말했다.

"뭐가?"

수남 씨가 물었다.

"저 사람들이요. 그냥 엘리베이터를 타고 한 번에 내려가면 될 텐데 매번 저렇게 귀찮은 짓을 하잖아요."

"그거야 이곳 엘리베이터는 지하로 못 내려가니까 그렇지."

"제 말이 바로 그거예요. 지하 1층 단추가 없는 것도 아닌데 어째서 지상 1층까지만 왔다 갔다 하도록 만들어놓은 건지, 정말 알다가도 모르겠어요."

"그래? 난 알겠는데?"

나는 침대를 좇고 있던 시선을 그에게로 옮겼다. 이젠 별로 뜨겁지도 않을 커피를 호호 불어 마시며 그가 말을 이었다.

"한번 생각해봐. 엘리베이터가 지하 1층까지 운행된다고 쳤을 때, 만약 어떤 사람이 1층을 누른다는 게 실수로 지하 1층을 눌러서 그 층에 내리게 된다면, 그 사람에게 무슨 일이 생길 것 같아?"

"무슨 일이 생기긴요." 이건 생각할 것도 없었다. 종이컵 두 개를 포개며 나는 덧붙였다. "매점인 줄 알고 들어갔는데 시체보관실에 들어와 있는 일이 생기겠죠."

"잘 아네. 바로 그거야. 그럼 그 순간 과연 어떤 기분이 그 사람을 파고들까?" 수남 씨는 얕은 한숨을 내쉬었다. "1차 약을 먹거나 2차 약을 먹지만 균이 잡힌 사람이라면 간이 떨어지거나 심장이 멎을 것 같은 기분이 파고들겠지. 그리고 그걸로 끝. 왜냐면 다시 지상으로 올라와 맑은 공기를 마시다 보면 그런 감정의 입자들은 마치 혈액 속 알코올처럼 자연스레 분해되어 배출될 테니까. 반면 우리는 어떨까? 우리같이 아무런 약도 듣지 않는 사람이라면……." 이번에는 길고 깊은 한숨을 내쉬었다. "사전 답사를 온 듯한 기분이 파고들지 않을까?

그리고 그 감정의 입자들은 맑은 공기를 아무리 많이 마셔도 분해되기는커녕 오히려 혈전처럼 덩어리져서 우리 내부를 끊임없이 돌아다니다 불현듯 머리로 올라가 경색을 일으키겠지. 우울증이나 자살 충동을 유발하는 마음 경색을. 그래서 저러는 걸지도 몰라. 일종의 배려라고나 할까."

나는 침대 쪽으로 시선을 다시 옮겼다. 그것은 이제 지하로 이어지는 경사로를 내려가고 있었다. 다시 말해 두 명의 공무원이 조금 전보다 조금 더 조심스럽게 밀고서 지하로 데려가고 있었다.

"착한 사람들이네요."

"건강하면 착해지기도 쉽지."

나는 대답하지 않았고, 그도 더는 말을 잇지 않았다. 대신 우리는 강물에 한 척, 두 척 작은 종이배들을 띄우듯 잔잔히 불어오는 바람에 한 숨, 두 숨 미량의 한숨들을 얹으며 앞마당에 착륙하는 까마귀를 구경했다. 땅에 발을 디딘 까마귀는 처음엔 가만히 있더니, 이내 친구가 약속 시간이 지났는데도 나타나지 않고 있기라도 한 것처럼 작게 원을 그리며 돌기 시작했다.

"아무튼 이젠 안 갈 거예요." 내가 말했다. "간다고 돈이 생기는 것도 아니고."

"어디? 저기?"

수남 씨가 턱으로 저 멀리 솟아 있는 'ㅅ'자 지붕의 건물, 즉 성당을 가리켰다.

"네, 거기요."

"돈이야 생기잖아. 한 달에 육만 원인가 주지 않나?"

"뭐?" 나도 모르게 반말이 튀어나왔다. "열 사람밖에 없던데요?"

"그거야 신도가 열 명뿐이니까 그렇겠지. 뭐, 외박을 갔거나 아파서 못 간 사람도 있을 테고."

"그래봤자 백 사람도 안 될 거 아니에요."

"당연히 안 되겠지. 우리나라 같은 경우 가톨릭 신자 비율이 전체 국민의 10퍼센트 정도밖에 안 될 텐데 이곳이라고 다를 이유가 없잖아."

"하지만, 돈을 준다면서요?"

"근데, 그게 왜?"

"왜긴 왜예요. 육만 원이나 준다는데 당연히 가야 하는 거 아니에요?"

그는 나를 빤히 쳐다보았다. 그러고는 약간 비꼬는 듯한 말투로 내게 물었다.

"그러니까 네 말은, 육만 원이면 자신의 종교적 신념 따윈 버려도 된다는 거네?"

"못 버릴 것도 없죠. 아니, 당장 버려야죠. 어차피 있는지 없는지 아무도 모르는 신, 매일도 아니고 일주일에 한 번씩만 가서 있는 척 굴어주고 매달 육만 원씩 받는다면 그것보다 남는 장사가 어딨겠어요."

"인마, 그건 결국 영혼을 파는 짓이야."

"육만 원에 사준다면 고맙다고 팔아야죠."

"넌, 네 영혼이 육만 원밖에 안 된다고 생각하는 거야?"

"그러면, 형은 설마 우리들 영혼이 육만 원보다 비싸다고 생각하는 거예요?"

그는 대답하지 않았다. 그의 생각이 궁금했지만 나도 더는 묻지 않았다. 대신 두 겹의 종이컵을 입에 물고서 줄무늬 윗옷의 단추를 밑에서부터 하나씩 채우기 시작했다. 그러고 보니 우리 같은 사람들을 공짜로 먹여주고 재워주고 약도 주는 이곳에도 어느덧 가을의 선선함이 찾아들고 있었다. 맨 위의 단추가 채워질 때 푸드득 소리를 내며 까마귀가 날아올랐다. 돌돌 말았다 도로 편 휴지에 묻혀놓은 볼펜 똥처럼 주름진 구름 쪽으로 점점 멀어져가는 그것을 눈으로 좇으며 나는 좀 더 쉬운 질문을 던졌다.

"근데 죽은 사람은 항상 녹색 천으로만 싸나요?"

"꼭 그렇지만은 않을 거야."

"그럼 제가 부탁하면 제가 원하는 걸로도 저를 싸줄까요?"

"뭔데, 그게?"

"이불이요."

"이불? 지금 덮는 이불?"

"아니요, 엄마가 보내준 제 이불이요."

"아, 매트리스에 깐 그 이불? 뭐, 겨울 이불이면 몰라도 여름 이불인데 싸주지 않겠어? 말 그대로 죽은 사람 소원인데."

나는 이제는 까마귀가 머물다 간 자리를 내려다보며 초록색 물고기를 옆구리에 낀 엄마 펭귄과 뜰채를 어깨에 걸친 아기 펭귄이 잔뜩 그려진 하늘색 이불에 꽁꽁 싸인 내 모습을 상상해보았다. 그랬더니 조금 궁금해졌다. 그 모습을 하고 있는 나를 보고도 나를 알아봐 줄 사람이 과연 몇이나 있을지. 학교라면 많겠지. 제 놈들이 연필이라 그렇게 놀려대던 빼빼 마른 몸은 전교생을 통틀어 나 말고는 아무도 없을 테니까. 하지만 이곳에서라면 아무도 없겠지. 널리고 널린 몸이 바로 나 같은 몸이니까.

"다 마셨니?"

"네."

"그럼 이제 그만 올라가자. 좀 있으면 이불 바꿔주는 시간이네."

나는 조금만 더 있다 올라갈 테니 혼자 올라가라고 말했다. 그는 지금 안 올라가면 이불을 못 바꿀 수도 있다고 말했다. 나는 상관없고, 다음 주에 바꾸면 된다고 말했다. 그는 며칠 전 비몽사몽간에 아침을 먹다 국을 잔뜩 쏟아서 얼른 이불을 바꿔주는 일요일이 왔으면 좋겠다고 징징거리지 않았느냐고 말했다. 나는 그땐 분명 그랬고 그 마음이 변함없는 것도 사실이지만 그래도 조금만 더 있다 올라갈 테니 지금은 그냥 좀 혼자 올라가라고 말했다. 그러자 그는 알겠다면서 내 이불은 내가 알아서 하라고 말했다.

수남 씨가 깨끗이 사라지자, 나는 의자에서 일어나 자판기 앞에 다시 무릎을 꿇었다. 그런 다음 하나, 하나, 또 하나, 그 밑에 쑤셔 넣었던 휴지들을 도로 빼내기 시작했다. 절반쯤 빼냈을 때, 수남 씨가 열고 닫았던 문이 다시 열리고 닫히는 소리가 들렸다. 곧 이어서는 "니는 진짜로 천국에 갈 거다"라고 말하는 목소리도 들렸다. 나는 고개를 돌렸고, 잘 아는 얼굴이었다. 옅은 하늘색 물통을 들고 있는 그녀의 팔이 파르르 떨리고 있었다.

"할머니," 손끝으로 휴지 끄트머리를 잡아 비닐봉지에 담으며 내가 말했다. "그런 말은 함부로 하는 게 아니에요."

"아니, 해도 된다." 내 쪽으로 다가오며 그녀가 말했다. "세상에 니

만큼 착한 애가 어디 있다고. 어떤 호로새끼인지는 몰라도 이 할매 골탕 먹일라고 넣어놓은 거를 이 할매 허리 아플까 봐 대신 빼내 주고, 니가 천국 못 가면 세상에 천국 갈 인간 하나도 없다."

마음 같아서는 그녀의 물통도 대신 들어주고 싶었지만 나는 그럴 수가 없었다. 그저 동전통으로부터 멀찍이 떨어져 서서 자판기에 물을 채워 넣는 그녀의 모습을 응원할 따름이었다. 누가 뭐래도 나라는 소년은 조금만 무거운 것을 들어도 금방이라도 숨이 넘어갈 것처럼 헉헉거리는, 영혼이 싼 만큼이나 육체 또한 값어치 없기 이를 데 없는 한낱 폐병쟁이에 불과하니까.

30일

엄마에게 전화를 걸었다. 방에는 약을 먹고 자는 사람이 많았기 때문에 비상계단에서 걸었다. 병동 맨 끝 쪽에 마련된 그 계단은 건물 외벽에 나 있었기 때문에 아저씨들이 이불을 햇볕에 말리거나 간호사 몰래 담배를 피울 때 애용하는 장소였는데, 나는 주로 이불이 널린 난간에 기대어 저 아래 내려다보이는 넓은 평지를 구경했다. 왜냐하면 그곳에도 사람이 살고 있었기 때문이다. 즉 또 하나의 병동이 자리하고 있었기 때문이다.

이곳을 '별관'이라 부르듯 그곳은 '본관'이라 불렸는데, 이곳과 그곳은 마치 한강을 사이에 두고 마주한 강북과 강남처럼 굽어진 고갯길을 사이에 두고 산기슭과 평지에 각각 위치하고 있었다. 그래서 밥을 운반하는 봉고차나 산소통을 운반하는 트럭 같은 것들은 왕복 2차로 고갯길을 통해 이곳과 그곳을 얼마든지 오갈 수 있었지만 외출증 없이는 울타리 밖으로 한 발자국도 나갈 수 없는 우리는 다른 길을 통해야만 했다. 마치 한강 아래를 지나는 5호선처럼 고갯길 아래로 뚫린 터널을 말이다. 뭐, 길이는 한강의 반의반의 반도 안 되겠지만.

어쨌든 그곳에는 산책로도 있고 그 산책로 중간중간에는 갖가지 운동기구들도 마련되어 있었지만 이곳 사람들은 한 달에 한 번씩 가슴 사진을 찍기 위해 역시나 그곳에만 있는 엑스레이 촬영실에 가야 할 일이 있지 않고서는 웬만하면 그곳으로 내려가지 않았다. 왜냐하면 그곳에 사는 사람들이 싫어하기 때문이었다. 그리고 우리는 그런 그들을 충분히 이해했다. 동시에 하루빨리 그들처럼 되기를 바랐다. 그들처럼 그곳에 살며 이곳에 사는 사람들이 오는 것을 싫어하기를. 다시 말해, 그들처럼 균이 잡힌 음성 환자들끼리만 모여 있는 이른바 '청정 구역'에서 살아가기를.

"어, 그래."

엄마가 전화를 받았다.

"왜 이렇게 전화를 안 받아? 내가 어제저녁부터 몇 번이나 전화했는지 알아?"

"미안. 좀 아팠어."

"어디가? 얼마나?"

"그냥 감기."

"감기 맞아? 엑스레이 찍어봤어?"

"감기 맞아. 결핵 아냐."

"진짜지?"

"진짜야."

"약은? 먹었어?"

"먹고 잤어. 넌 먹었어?"

"나야 먹었지. 시간 맞춰서 꼬박꼬박 갖고 오는데 무슨 수로 안 먹어."

"아침 점심 저녁 전부 다?"

"응."

"착한 사람들이구나."

"건강하면 착해지는 건 쉽대."

"누가 그래?"

"있어."

"…… 네 아빠였구나."

"…….."

"괜찮아, 아빠 얘기해도."

"괜찮아?"

"그래, 괜찮아."

"엄마?"

"응?"

"아빠는 천국 못 갔겠지?"

"엄마가 말했잖아, 그런 거 없다고."

"있어도 못 갔겠지?"

"없다니까 그러네."

"그러니까, 있어도 못 갔겠지?"

"왜? 갔으면 좋겠어?"

"엄마는 안 갔으면 좋겠어?"

"엄마가 먼저 물었잖아."

"갔으면 좋겠어."

"우릴 버렸는데도?"

"그거야…… 더 많이 좋아하는 사람이 생겨서 어쩔 수 없었던 거 잖아."

"…… 언제 그렇게 큰 거니?"

"몰라. 아프면 빨리 자라나 봐."

"진짜 그런가 보네."

나는 듣고만 있었고, 엄마는 말을 이었다.

"근데 엄마는 이젠 더 안 자라나 보다. 안 갔으면 좋겠어."

약간의 침묵이 흘렀고, 나는 말했다.

"많이 썼어?"

"많이 못 썼어."

"왜? 노트북에 문제 있어?"

"엄마가 문제지."

"엄마가 뭐가 문제야. 엄마만큼 열심히 하는 사람이 어딨다고."

"바보야, 열심히 한다고 다 잘되는 건 아냐."

"그건 나도 알아. 열심히 약 먹는다고—"

"참! 너 그 소설 기억나? 왜, 신부가 여자한테 푹 빠져서 괴로워하 는."

"응. 기억나. 근데 그게 왜?"

"실은 그거 다시 쓰는 중이거든. 좀 신선한 느낌이 없기는 한데, 그 렇게 따지면 금지된 사랑치고 신선한 게 얼마나 되겠어. 사위랑 장인간의 사랑 빼고 이미 다 나왔는데, 안 그래?"

"그건 그런데, 근데 엄마 그때 그 이야기 멀리서 지켜본 정보로만 쓰려니까 핍진성이 너무 떨어진다고 반도 안 쓰고 버린 거잖아."

"핍진성? 내가 너한테 그런 말도 했었어?"

"응. 그래서 내가 그랬잖아. 그럼 다음부턴 가까이서 직접 만져본 정보로 쓰면 될 거 아니냐고. 왜? 다른 이야기가 안 떠올라?"

"아니, 다른 것도 떠오르긴 떠오르는데 그것만큼 콩닥콩닥 떠오르지 않아서 그렇지."

"그럼 할 수 없지. 열심히 써봐."

"그러고 싶지. 엄마도 그러고 싶은데, 근데 그게 내 맘 같지 않으니까 문제지."

"또 왜?"

"딴 건 아니고, 한 장면에서 막혀서 진도를 못 나가고 있어."

"어떤 장면?"

"신부가 아픈 여자에게 주려고 죽을 쑤는 장면인데, 죽을 어떻게 써야 할지 모르겠어."

"묘사를 말하는 거야?"

"그래, 묘사."

"엄마, 바보야? 직접 끓여보면 되잖아."

"바보야, 쌀이 아니라 예수님의 몸으로 끓이니까 그렇지."

"예수님의 몸? 아예 판타지로 바꾸는 거야?"

"아니, 성체라고, 왜 너도 그때 한 번 봤잖아, 신부가 나눠주던 작고 동그랗고 납작한 빵. 그걸 걔들은 예수님의 몸이라고 불러."

"난 또. 그럼 가서 좀 달라고 하면 되잖아."

"해봤지. 엄마가 누구 때문에 글을 쓰는데 그 정도 노력도 안 했을까 봐. 근데, 안 줘. 그때도 우리가 그거 하나씩 얻어먹어보려고 줄 섰을 때 세례 안 받았다면서 돌아가라고 하더니 이번에도 똑같이 나오더라고."

"돈 줄 테니까 좀 팔라고 하지 그랬어."

"엄마를 뭘로 보고. 해봤지. 근데 무슨 수녀라는 여자가 어쩌나 성질을 내던지."

"그럼 이제 어떡해?"

"어떡하긴 뭘 어떡해, 그냥 이대로 사는 거지. 아니, 쓰는 거지. 그것 때문에 종교적 신념을 버릴 수도 없고, 설령 버린다고 해도 미사 한 번당 하나씩밖에 안 주는 모양이던데 그걸 언제 다 모으고 있어. 죽 쑤려면 못해도 삼사십 개는 필요할 텐데. 그리고 보니까 신부가 손바닥에 얹어주면 그 자리에서 바로 입에 넣던데, 너도 잘 알잖아, 엄마 타자도 독수리로 치는 거? 그런 느린 손놀림으로 감추다 들키면 무슨 개망신이니."

"그럼 죽 안 끓일 거야?"

"끓이긴 끓여야지. 근데 뭐 어쩌겠어, 네 말대로 쌀로 끓일 수밖에."

나는 엄마의 목소리를 조금 더 듣고 싶었지만 "엄마, 얼른 아침 먹고 약 먹어"라는 말만을 보탠 뒤에 전화를 끊었다. 밥통을 실은 봉고차가 나간 길을 따라 이제는 산소통을 실은 트럭이 들어오는 것으로 봐서 시간은 벌써 9시를 넘어서고 있었으니까.

어쨌든 방으로 돌아간 나는 10시 1분이 되자, 즉 안정을 취하기 위해 모든 환자는 방에만 머물러야 하는 '안정 시간'이 끝나자 매점에 가서 종이봉투를 하나 샀다. 편지 봉투는 작을 것 같아서, 아니 터질 것 같아서 엄마가 공모전에 소설을 보낼 때 사용하는 갈색 봉투로 샀다. 주소를 적을 때 쓸 네임펜은 수남 씨가 갖고 있었기 때문에 굳이 살 필요가 없었고, 봉투 입구를 붙일 때 쓸 풀은 밖에선 이백 원밖에 안 하는 것을 할머니는 육백 원에 팔았기 때문에 자존심상 살 수 없었다. 그래서 내일 아침까지 돌려주기로 약속하고 간호사에게 빌렸다. 그리고 밤 10시 1분이 되자, 즉 잠자리에 들기 위해 모든 환자는 방에만 머물러야 하는 소등 시간이 찾아오자 나는 한 번 더 비상계단으로 나왔다. 다만 이번에는 계단을 밟고 내려갔다. 엘리베이터와 나머지 계단은 모두 간호사실 바로 앞에 있었기 때문에 그 계단만이 간호사의 눈을 피해 병동 건물을 벗어날 수 있는 유일한 통로라고 할 수 있었다.

1층에 도착한 나는 간호사가 수시로 내다보는 앞마당을 폐가 팡하고 터져도 할 말이 없을 만큼 빠른 속도로 가로질렀다. 앞마당을 벗어나자 어두운 오솔길이 나를 기다리고 있었고, 간호사의 사정거리에서 벗어나 있는 그 100미터짜리 오르막길을 나는 그제야 내 폐활량이 허락하는 한도 내에서 걸어 올라가기 시작했다. 약 4분 후 나는 'ㅅ'자 지붕의 건물 앞에 다다랐고, 곧장 세 개의 계단을 오른 뒤에 나무로 된 출입문을 열고 안으로 들어갔다. 그러자 빛이라고는 문 위쪽에 달린 피난구 유도등의 녹색 불빛이 전부인 복도가 나를 맞이했다. 그 약해빠진 불빛에 의지해 나는 계속 나아갔고, 이번에는 훨씬 더 큰 나무 문과 마주쳤다. 이번에도 나는 망설이지 않았다.

둥글고 높은 천장으로 이루어진 예배당은 약 10일 전에 왔을 때와는 달리, 그러니까 주말 아침에 왔을 때와는 달리 음침한 공기로만 가득 차 있었다. 그래도 복도만큼 깜깜하지는 않았다. 맨 뒤쪽에 자리한 고해실, 그것의 불투명한 유리창에서 흘러나오는 은은한 노란 불빛과 맨 앞쪽에 걸려 있는 커다란 십자가, 그것의 테두리로부터 퍼져 나오는 보다 은은한 노란 불빛이 힘을 합쳐 어디에 제대가 있고 어디에 그 제대를 중심으로 긴 의자들이 양쪽으로 줄지어 서 있는지 어렴풋하게나마 알려주고 있었다.

나는 잠시 숨을 고른 뒤에 그 빛의 도움을 받으며 앞으로 걸어갔다. 그러니까 줄지어 서 있는 긴 의자들 사이로 난 길을 따라 제대 몇 미터 앞까지. 엄마의 책상보다 약간 큰 제대는 다섯 평 남짓한 제단의 한가운데 자리 잡고 있었는데, 그 사다리꼴 모양의 제단은 세 개의 계단 위에 마련되어 있었다. 마치 앞마당에서 여섯 계단 위에 있는 병동 테라스처럼. 나는 계단을 밟고 올라갔다. 그런 다음 제대 곁으로 다가가 지난 미사 때 채시몬 신부가 그랬던 것처럼, 크고 두꺼운 양장본을 받치고 있는 이른바 경본받침대의 아래쪽 공간에 손가락을 집어넣었다. 역시나 열쇠고리가 집혔다. 열쇠고리에는 단 한 개의 열쇠와 함께 작은 종도 하나 매달려 있었는데, 아무리 흔들어도 소리는 나지 않았다. 어쨌든 나는 그것을 들고 제대 뒤쪽, 커다란 십자가 아래로 갔다. 십자가에는 다들 알 만한 남자 하나가 매달려 있었는데, 그의 못 박힌 발이 가리키는 지점에는 콜라 캔 크기의 빨간색 등이 하나 박혀 있었다. 그리고 그 플라스틱 등 바로 옆에는 전자레인지 크기의 나무 금고

가 하나 놓여 있었고.

나는 열쇠를 꽂아 문을 열었다. 그러자 큰 맥주 캔은 넘칠 것 같고 작은 맥주 캔은 다 담아낼 수 있을 것 같은 금색 잔이 눈에 들어왔다. 얼핏 본다면 와인 잔 같아 보일 수도 있을 그것으로 나는 손을 뻗었다. 그런 다음 그 안에 담긴 작고 동그랗고 납작한 빵을 한 움큼 움켜쥐었다. 나는 그것을 윗옷 주머니에 넣을 때 바닥에 흘리지 않도록 조심했다. 내 생각이 어떻든 그들은 '예수님의 몸'이라고 부른다니까, 최소한의 예의는 지키기 위해서. 어쨌든 나는 그 일을 반복했다. 이렇게 말하는 목소리가 예배당 안을 가득 채울 때까지.

"신부님께서 성령 청원을 해주지 않는 이상 그건 한낱 빵일 뿐이란다."

나는 머릿속이 새하얘지는 가운데서도 목소리의 주인이 적어도 '몸의 주인'은 아니라는 사실만큼은 확신할 수 있었다. 낮고 굵은 편에 속하기는 했지만 그럼에도 분명한 여자의 목소리였으니까.

나는 뒤돌아보았고, 한 여자가 예배당 뒤쪽 구석에 달린 쪽문을 등지고 서 있었다. 아마도 그녀가 이곳으로 들어오기 위해 열었을 그 철제 쪽문은 활짝 열린 상태였고, 그래서 그 문밖에 자리한 작은 독채, 즉 성당 숙소에서 흘러나오는 불빛이 그녀의 뒷면을 비추고 있었다. 거기에 더해 그녀 옆에 자리한 고해실에서 흘러나오는 노란 불빛이 그녀의 앞면을 비추고 있었기 때문에 나는 그녀가 누구인지 한눈에 알아볼 수 있었다. 아니, 정확히는 그녀가 입고 있는 옷을 알아볼 수 있었다. 평퍼짐한 회색 원피스로, 이곳에서 그런 옷을 입고 다닐만한 사람은 단 한 사람뿐이었다. 내가 이곳에 온 지 일주일쯤 됐을 때 병동을 돌아다니며 바나나를 나눠주었던 사람. 그것을 내게 줄 때는 '미안하지만 한 사람당 하나씩밖에 줄 수 없단다'라며 사과도 했던 사람.

나는 금고 속에서 누군가 내 손등을 찰싹 내려치기라도 한 것처럼 금고에서 급히 손을 뺐다. 그러면서도 한 손 가득 움켜쥔 작고 동그랗고 납작한 빵을 놓지는 않았다. 수녀의 목소리가 다시 들렸다.

"내가 아는 애니?"

나는 대답하지 않았다. 대신 이곳을 벗어날 수 있는 유일한 통로, 내가 밀고 들어왔던 커다란 나무 문을 바라보았다. 동시에 그 문으로 갈 수 있는 길을 찾았다. 제대를 중심으로 양쪽으로 열 개씩 줄지어 서 있는 긴 나무 의자들은 하나같이 벽에 바짝 붙어 있었기 때문에 허들을 넘듯이 한쪽의 긴 나무 의자들을 모두 뛰어넘지 않는 이상 길은 하나밖에 없었다. 그 길은 내가 걸어온 길과 같은 길이었고, 따라서 매우 좁은 길이었다.

"이름이 뭐니?"

그녀가 다시 말했고, 나는 숨을 깊게 들이마셨다. 그런 다음 고개를 푹 숙이며 뛰기 시작했다. 매우 좁은 길을 따라. "장 발장"이라고 말하면서.

50일

채시몬 신부가 휠체어를 밀고서 내 방을 찾아왔다. 휠체어에 바나나와 삶은 달걀을 싣고서 병동을 돌다가 내 방 차례가 돼서 들른 것이었다. 원래는 수녀가 맡은 일인데 그녀가 이 병에 전염되어 그녀보다 훨씬 높은 수녀가 병원장으로 있는 종합병원에 입원하는 바람에 자신이 대신 돌고 있다고 했다.

그는 한 사람당 바나나와 삶은 달걀을 각각 하나씩 나눠주었는데, 바나나가 싫다는 사람은 삶은 달걀만 두 개를 주었다. 하지만 삶은 달걀이 싫다는 사람에게는 바나나만 두 개를 주진 않았다. 그러거나 말거나 나는 바나나만 두 개 챙겼다. 내 옆 침대를 쓰는 강인식 씨가 내일모레면 팔십이라서 바나나만 먹으면 똥이 안 나온다며 삶은 달걀만 두 개 달라는 것을 내가 얼른 협상에 나서 좋은 결과를 얻어냈기 때문이었다.

"그러고 보니 그날 한 번 보고 처음 보는구나. 어떻게 한 번을 안 마주쳤네?"

그가 내게 말했고, 그건 맞는 말이었다. 미사를 집전하는 사람만이 누릴 수 있는 설교라는 특권을 이용해 그가 길게 늘어놓던 용서와 사랑에 관한 순진해 빠진 소리들을 고스란히 듣고 있어야 했던 그날 이후로 나는 그와 마주친 적이 한 번도 없었다. 왜냐하면 잡힐 때 잡히더라도, 적어도 '범인은 반드시 범행 현장에 다시 나타난다'는 속설의 그물에는 스스로 뛰어들지 않기 위해 예수님의 몸이란 것을 뿌려서 줄행랑친 이후로 그의 직장 근처는 얼씬도 하지 않았으니까.

"그러게요." 바나나 두 개를 침대 옆 사물함 위에 올려놓으며 내가 말했다. "세상이 넓은 줄은 알았는데 이곳도 이렇게 넓은 줄은 몰랐네요."

"넓지." 볼일이 끝났으니 이제 그만 다음 방으로 가기 위해 휠체어의 방향을 문 쪽으로 틀며 그가 대답했다. "본관까지 합치면 경복궁은 몰라도 덕수궁보다는 넓을걸."

"그런가요? 근데 거긴 안 가는 데라서……."

"왜? 거기가 여기보다 걸을 데도 많고 또 산책로도 훨씬 더 잘 갖춰져 있잖아. 너 같은 아이한테 적당하고 꾸준한 유산소운동으로 폐활량을 키우는 게 얼마나 중요한데."

"그걸 누가 모르나요. 내가 내려가면 균 날린다고 거기 사람들이 싫어하니까 그렇지."

약간의 침묵이 흐른 후에 그가 물었다.

"입원한 지 한 두 달쯤 되지 않았나?"

"네, 열 밤만 더 자면 딱 두 달이에요."

"그럼 뭐 조만간 내려가겠네. 보통 못해도 두세 달 안엔 균이 잡히잖아. 그럼 그때 눈치 안 보고 실컷 걸으면 되겠네."

"그런 일은 없을 거예요."

그는 이유를 물었고, 나는 사물함을 가리켰다.

"저 친구들이랑 같은 신세라서요."

"친구들? 설마 저 바나나를 말하는 거니?"

"아니요. 그 뒤에 있는 친구들이요."

그는 휠체어 손잡이에서 손을 떼더니 사물함으로 다가갔다. 그러고는 바나나 뒤에 얌전히 누워 있는 것들을 하나하나 집었다 놓았다. 그러니까 내가 이곳에 온 첫날, 친구가 하나도 없다는 나에게 그럼 얘들이랑 친하게 지내라며 아빠가 주었던 김유정 씨와 프란츠 카프카 씨와 안톤 체호프 씨의 책을.

"어째서 네가 이 책들이랑 같은 신세라는 거니?"

그가 다시 물었고, 나는 대답했다.

"어째서긴요. 셋 다 나랑 같은 병으로 죽었으니까 그렇죠."

좀 전보다 약간 더 긴 침묵이 흐른 후에 내가 말을 이었다.

"의사 선생님이 그랬어요. 저는 처음 감염될 때부터 약이 하나도 듣지 않는 광범위 내성균에 감염되었기 때문에 재수가 없어도 더럽게 없는 경우라고요. 여기 아저씨들도 심심하면 저한테 그래요. 나라는 놈은 평생 이곳 별관에서 썩어야 한다고요."

나는 바나나가 세 개가 되었다. 원한다면 삶은 달걀도 더 주겠다고 했는데 그건 됐다고 했다. 나도 자존심이라는 게 있으니까.

71일

낮잠에서 깨어보니 같은 방 사람들이 하나, 둘, 셋, 넷, 다섯, 모두 자기 침대 위에 있었다. 비가 와서 다들 밖에 나가는 대신 방에서 스포츠 신문을 읽거나,《이기적 유전자》를 읽거나, 텔레비전으로 일일드라마 재방송을 보거나, 화투 패로 점괘를 보거나, 산소통의 산소를 마시기로 한 듯한 모양새였다. 나는 동전을 챙겨서 1층으로 내려갔다. 왜인지는 잘 모르겠지만 언제부턴가 비가 오면 비와 아주 가까이에서 커피를 마시는 것을 조금 많이 좋아하게 되어서였다. 꼭 엄마처럼.

　1층 출입문을 열고 테라스로 나오니 세 사람이 보였다. 모두 여자였는데 그중 두 사람은 테라스 가장자리에 나란히 놓인 두 개의 의자에 앉아 있었다. 테라스에는 모자챙처럼 지붕이 달려 있었고, 그래서 그녀들은 비를 한 방울도 맞지 않고서도 앞마당에서 우산도 없이 마치 초밥 접시처럼 빙글빙글 돌고 있는 나머지 한 여자를 구경할 수 있었다. 세 여자는 저마다의 목소리를 내고 있었는데, 돌고 있는 여자는 즐거운 곳에서 자기를 오라고 해도 자기가 쉴 곳은 오직 자기 집뿐이라는 노래를 서툰 한국말로 부르느라 그랬고, 앉아 있는 두 여자는 "저 여자는 균만 잡히면 원래 있던 정신병원으로 돌아간대요" "아, 그래요? 근데 지네 나라에서 걸려 온 거래요, 여기서 걸린 거래요?" "그거야 모르죠. 균에 국기가 달린 것도 아닌데"와 같은 말들을 주고받느라 그랬다.

그러고 보면 이곳에도 바깥세상처럼 다른 나라 사람들이 제법 살고 있었다. 멀리 갈 것도 없이 우리 옆방에도 중국에서 온 남자가 한 사람 살고 있었다. 나이는 쉰두 살. 연변에서 태어났고 우리말을 잘했으며 특기는 차차차였다. 언젠가 중국에 있을 때 찍은 거라며 내게 사진 한 장을 보여준 적이 있는데, 빛바랜 사진 속의 그는 아래위로 까마귀처럼 까만 옷을 입고서 다리가 훤히 드러나는 빨간색 원피스를 입은 여자와 꼭 붙어 서서 각자의 목에 걸린 메달을 들어 보이고 있었다. 그는 이곳을 나가면 좋은 파트너를 하나 구해서 한국 대회에서 1등을 먹을 거라고 했다. 나는 이 나라에선 둘째와 꿈을 갖는 것이 모두 합법이니까 꼭 그렇게 됐으면 좋겠다고 말해주었다. 하지만 그의 꿈은 결코 이루어지지 않을 거라는 데 나는 내 전 재산을 걸 수도 있었다. 왜냐하면 그도 나나 수남 씨처럼 듣는 약이 하나도 없는 광범위 내성 환자 신세. 따라서 시간이 흐르면 흐를수록 그의 폐활량은 점점 떨어질 테고, 그렇다면 결국 여자 파트너 대신 산소통과 함께 춤을 추는 것이 허락되는 대회가 아닌 이상 그는 한 소절도 끝나기 전에 숨이 꼴깍꼴깍 넘어갈 테니까.

어쨌든 나는 자판기에서 설탕커피를 뽑았다. 그러고는 두 여자의 대각선 뒤편에 앉았다. 그러니까 테라스 난간에. 비록 딱딱하고 좀 더

러웠지만 그래도 그곳에 앉으면 좋은 점이 있었다. 우선 그곳에 앉으면 서쪽 풍경을 마주해야 했기 때문에 일부러 고개를 왼쪽으로 돌리지 않는 이상 남쪽의 앞마당이 시야에 들어오지 않았다. 즉 앞마당에서 비를 쫄딱 맞으며 돌고 있는 여자가 더는 보이지 않으니 그녀에게 우산을 갖다 줄까 말까 고민하느라 더는 불필요한 에너지를 낭비하지 않아도 되었다. 그리고 그곳에 엉덩이를 붙이고 앉으면 지상에서 지하로 이어지는 약 3미터 높이의 경사로를 발밑에 둘 수 있었기 때문에 엉덩이를 조금만 들썩여도 스키장에서 리프트를 타는 듯한 기분을 느낄 수 있었다. 뭐, 스키장에 가본 적은 한 번도 없지만.

비가 오면 비와 아주 가까이에서 커피를 마시는 일이 좋아진 것에 더해서, 사실 나에게는 왜인지는 잘 모르겠지만 언제부턴가 좋아져 버린 것이 하나 더 있었다. 206동 802호에 살던 시절 아빠가 엄마와 나를 앞에 두고 자주하던 거였는데, 내 옆에 등을 보이며 앉아 있는 두 여자를 생각하면 좀 많이 부끄러웠지만 그래도 종이컵이 바닥을 보이자 나는 망설이지 않고 그걸 했다.

어쩜 이렇게 하늘은 더 파란 건지
오늘따라 왜 바람은 또 완벽한지
그냥 모르는 척, 하나 못 들은 척
지워버리는 척 딴 애길 시작할까
아무 말 못하게 입 맞출까
눈물이 차올라서 고갤 들어
흐르지 못하게 또 살짝 웃어

내게 왜 이러는지 무슨 말을 하는지
오늘 했던 모든 말 저 하늘 위로
한 번도 못했던 말, 울면서 할 줄은 나 몰랐던 말
나는요,[1]

　그때였다. 발아래로 향해 있던 나의 시선 속으로 동그랗게 올려 묶은 까만 머리카락이 들어왔다. 이어서는 거기에 나비처럼 매달린 흰색 리본이 들어왔고, 다음으로는 아주 길고 아주 얇으면서도 아주 하얀 목의 뒷부분이 들어왔다. 여자는 지하에서 지상으로 이어지는 경사로를 따라 달팽이보다 약간 빠르게 걸어 올라오는 중이었는데, 까마귀보다 까만 한복을 입고 있었다. 여자가 걸음을 멈추더니 고개를 돌려 나를 올려다보았다. 흰색 마스크를 쓰고 있었기 때문에 동그란 이마와 짙은 눈썹 그리고 길게 찢어진 눈만이 내 두 발 사이로 들어왔다. 이내 여자의 목소리가 마스크를 뚫고 나왔는데, 마스크 위로 드러난 매끄러운 피부와는 달리 물기를 잃은 기관지가 대충 밀어 올린 까끌까끌한 목소리였다.

　"좀 닥쳐줄래?"

　나는 그러지 않았다. 그래 줄까도 싶은 마음이 안 생긴 건 아니었지만(나도 까만색 한복의 용도 정도는 아니까) 그래도 그래 주지 않았다. 왜냐하면 나에게 이래라 저래라 하는 사람은 의사와 간호사들만으로도 이미 충분하다는 마음이 더 크게 생겨났으니까. 따라서 나는 종이

1　아이유의 〈좋은 날〉

> 누나가 좋은 걸 어떡해
> 새로 바뀐 내 머리가 별로였는지
> 입고 나왔던 옷이 실수였던 건지

노래를 불렀고, 그러자 그녀의 길게 찢어진 눈에 짙은 쌍꺼풀이 생겨났다. 그녀가 눈에 준 힘이 얼마나 강하든 간에 나는 음정과 박자에만 내 마음을 집중시켰고, 마침내 '눈물이 차올라서 고갤 들어'로 시작되는 후렴구에 접어들자 그녀는 그제야 고개를 돌리고는 가던 방향으로 계속 걸어 올라갔다. 가슴에 한 손을 얹고서, 숨을 가다듬기 위해 서너 걸음에 한 번꼴로 멈추면서.

이윽고 2절마저 끝났을 때, 회색 봉고차 한 대가 경사로의 시작점에 서 있는 그녀 앞에 멈춰 섰다. 봉고차는 12인승이었는데, 옆구리에는 내가 피아노학원에 다니기 직전까지 다녔던 태권도학원의 봉고차처럼 상호명이 큼지막하게 새겨져 있었다. '○○성당'이라고. 근데 이곳에 있는 성당은 우리가 '성당'이라고 부를 뿐 정식이름은 '○○성당'이 아니라 '○○공소'였기 때문에 모르긴 몰라도 이곳에서 5킬로미터쯤 떨어진 도심 속에 있다는 이른바 본당에서 온 모양이었다.

차 문이 열리고 사람들이 내리기 시작했다. 하나, 둘, 셋, 넷, 모두 넷이 내렸는데 아니나 다를까 하나같이 사복을 입고 있었다. 그리고 넷 중 그 누구도 마스크를 쓰고 있지 않았다. 이 병이 얼마나 '공기 타기'의 명수인지 모르는 모양이었다. 그게 아니라면 그렇게 해야만 자신들을 올바른 예수쟁이로 봐줄 거라 생각하는지도 몰랐다. 이곳 수녀 꼴이 돼봐야 정신을 차릴 테지.

그녀가 네 남녀에게 일일이 허리를 굽혀가며 인사했다. 그러자 네 남녀가 하나씩 하나씩 돌아가며 그녀의 어깨를 두드렸다. 그러고는 올라올 때에 비해 한결 수월하게 걷는 그녀의 안내를 받으며 경사로를 따라 지하로 내려갔다. 그러니까 내 발 아래를 지나.

"역시 가는 데는 순서가 없네요."

몇 초 후, 내 옆에 등을 보이며 앉아 있는 두 여자의 목소리가 들려오기 시작했다.

"순서요? 무슨 순서요?"

빗소리는 작고 그녀들의 목소리는 컸기 때문에 나는 한 마디도 놓치지 않고 들을 수 있었다. 아니, 들어야만 했다.

"왜, 아까 개요. 걸린 건 개가 먼저 걸렸는데 가는 건 제 엄마가 먼저 갔잖아요."

"아, 난 또 뭐라고. 근데, 개 병수발하러 왔다가 여기서 걸린 거라면서요?"

"네, 여기 처음 왔을 땐 좀 마르긴 했어도 병은 안 옮은 상태였어요."

"아이고야, 우리도 조심해야 할 것 같네요. 까딱하면 저 꼴 날 수도 있는 거잖아요."

"뭐 그렇긴 하죠. 근데 저는 20년쩬데 아직까진 끄떡없네요. 다 이놈 덕분이죠."

"항상 그렇게 끼고 다니면 안 불편하세요? 간호사들도 항상은 안 끼고 다니는 것 같던데."

"걔들이야 간호사실이 유리 벽으로 막혀 있으니까 그렇죠."

"하긴 그렇겠네요. 저도 앞으로는 웬만하면 끼고 다녀야겠어요. 환자분이 기분 나빠하더라도요."

"기분 나쁘대요?"

"대놓고 말은 안 하는데 싫은 티를 내긴 내더라고요."

"지랄. 우리가 전염되면 지들이 무슨 보상금이라도 준대요? 오히려 자기 균에 옮은 거 아니라고 우길걸요."

"하긴, 그러고도 남을 사람들이죠."

"그리고 요즘 밖에 나가면 우리 같은 사람들 하루 일당이 얼만지 아세요? 육만 원이 넘어요. 이 돈 받고 돌봐주면 고마운 줄을 알아야지. 근데…… 얼마 받아요?"

"달에 팔십이요."

"그래도 저보다 이십 더 받네요."

"어머, 그것밖에 안 받으세요?"

"대신 전 두 명 보잖아요."

"아, 맞네. 나도 이십씩 깎아주고 두 명 보면 좋을 텐데."

"찾기 쉽지 않을 거예요. 여기 사람들 사정이야 다 거기서 거기잖아요. 화장실도 못 갈 정도나 돼야 우리를 쓰는 거지. 아무튼, 마스크 꼭 끼세요. 안 그러면 저 꼴 나는 거예요."

"네, 그럴게요. 근데 여기서 장례식 하는 건 또 처음 보네요."

"저도 몇 년 만에 처음 보는 거예요. 여기선 원래 장례식 안 해요. 죽으면 그냥 바로 데려가지. 근데 보호자가 개뿐이니 어쩌겠어요."

"아, 그렇구나. 그건 그렇고, 걔는 약이 없는 거예요?"

"아무래도 그렇겠죠. 2차 약 먹다가 재발했다니까."

"불쌍한 년이네요."

"여기 안 불쌍한 년이 얼마나 된다고."

"그래도 걔는 좀 특별하게 불쌍한 것 같은데……."

"하긴, 개만큼 특별하게 불쌍한 년은 별로 없죠."

그때였다. "어홍" 소리와 함께 마치 버스가 갑자기 멈췄을 때처럼 내 몸이 앞으로 확 쏠렸다가 제자리로 돌아왔다. 누군가 뒤에서 내 양 팔을 붙잡고 밀었다 당긴 것이었다. 하마터면 머리통부터 3미터 아래 바닥에 처박히면서 '특별히 불쌍한 년'의 엄마를 따라갈 뻔했다는 생각에 내 안 저 깊숙한 곳에서 씨발 소리가 쏜살같이 올라왔다. 하지만 나는 단 하나의 시옷 자도 입 밖으로 꺼내지 못했다. 정말 하나도 재미없는 그 빌어먹을 장난을 친 사람이 다름 아닌 내가 지난 9월 23일 밤 성당에서 한 일을 알고 있는, 아니 정확히는 '알 수도 있는' 단 한 사람, 즉 유일한 목격자였기 때문이다.

"안녕?"

그녀가 말했다.

"수녀님 눈에는 지금 제가 안녕한 걸로 보이세요?"

나도 말했다.

"미안. 많이 놀랐니?"

"하마터면 저희 엄마도 까만 옷을 입을 뻔했잖아요."

그녀는 거듭 사과했고, 나는 화가 조금도 가시지 않았지만 좋은 게 좋은 거라고 일단은 받아주었다.

"김건수 맞지?" 그녀가 다시 말했다. "5층에 살고?"

"어떻게 아셨어요?"

"신부님께서 말씀해주셨거든. 서울에서 왔다고?"

나는 이번에는 고개를 까딱해 보이는 것으로 답을 대신했다.

"책이랑 친구 먹을 만큼 책을 좋아하고?"

나는 고개를 한쪽으로 살짝 기울였다.

"그리고 연애는 아직 한 번도 못 해봤고?"

"…… 신부님씩이나 되시는 분께서 입이 참 싸시네요."

"그게 그렇게 되나?" 그녀는 그렇게 말하며 고개를 이쪽저쪽으로 자꾸 기울였다. 그러더니 덧붙였다. "뭐, 어때, 고해성사도 아닌데. 그리고 내가 물어봐서 말씀해주신 거야. 기분 나빴니?"

"아니에요. 수녀님께서 무슨 잘못이 있겠어요. 근데," 내가 말했다. "폐병은 괜찮으세요?"

"어? 어. 근데 어떻게 알았니?"

"어떻게 알긴요. 신부님께서 말씀해주셨으니까 알죠. 참고로 전 안 물어봤어요."

그녀는 우물쭈물할 뿐 얼른 대꾸하지 못했고, 그래서 나는 얼른 말을 보탰다.

"근데 밖에 있는 큰 병원에 갔다고 했는데."

"갔지." 그제야 그녀가 대답했다. 그러곤 딱 봐도 억지 미소 같은 미소를 지어 보이며 덧붙였다. "그리고 짜잔, 돌아왔지. 다행히 1차 약이 아주 잘 들어서 균이 금방 잡혔거든. 어차피 여기도 병원인데 그냥 여기서 평소처럼 지내면서 약만 잘 챙겨 먹으면 되겠더라고."

누구는 처음부터 세상 모든 약이 합심해 덤벼도 꿈쩍도 하지 않는 슈퍼결핵에 걸리고, 누구는 겨우 1차 약에도 맥을 못 추는 약해빠진 결핵에 걸리고. 이쯤 되니 정말로 궁금해졌다. 세상이란 게 원래 불공평한 건지, 아니면 하느님이라는 게 진짜 있기라도 한 것인지.

"좋으시겠네요."

"뭐, 좋을 것까진 없고……."

뒷말이 떠오르지 않는 건지 아니면 나한테 좀 미안해진 건지 그녀는 거기까지만 말하고는 테라스 계단을 내려갔다. 그러더니 앞마당에서 빙글빙글 돌고 있는 베트남 여자의 손에 자신이 갖고 있던 우산을 쥐여 주었다. 그런 다음 도로 올라와서는 이번에는 내 옆에 와 앉았다. 그러니까 나처럼 스키장에서 리프트를 타듯 테라스 난간에.

나는 허공에 떠 있는 그녀의 운동화를 내려다보았다. 척 봐도 내 삼선슬리퍼보다 큰 사이즈였다. 그리고 메이커가 없는 그것은 지구를 한 바퀴는 돌고 온 듯 밑창이 엄청 닳아 있었다. 슬리퍼가 벗겨지지 않도록 조심조심 발장구를 치며 내가 말했다.

"근데 병든 몸을 이끌고 어딜 그렇게 다니시는 거예요?"

"아, 새벽에 돌아가신 분이 계시던 병실에 다녀오는 길이란다."

나를 따라 발장구를 치며 그녀가 대답했다.

"그분은 이 밑에 있지 않나요? 좀 전에 그분 딸처럼 보이던 여자가 나왔다 들어가는 거 내가 봤는데."

"그래, 그건 나도 알고 있어. 나도 막 그곳으로 가려던 참이니까. 그 전에 우선 그분과 한방을 쓰던 분들부터 만나고 오는 길이란다."

"그렇지만 수녀님께서 먼저 만나보셔야 할 사람은 그 사람들이 아니라 이 밑에 있는 사람이 아닌가요? 모든 일에는 순서라는 게 있잖아요."

"순서?" 그녀는 발장구를 멈추고 나를 바라보았다. "그러니까 상주부터 만나는 게 순서라는 거니?"

"그게 아니죠." 나도 따라 멈췄다. "돌아가신 분부터 만나는 게 순서라는 거죠. 한번 생각해보세요. 혼자 냉장고 속에 들어가 있는 기분을. 그것도 과일 하나 없는 지하 냉장고 속에."

그녀는 자신의 발을 다시 내려다보았다. 하지만 발장구를 다시 치지는 않았다.

"그래, 네 말도 맞아. 고인도 몹시 두려울 거야. 하지만 더 큰 두려움을 느끼는 건 그분의 죽음을 목격한 사람들이라고 난 생각해. 두려움에 짓눌리던 인간이 끝내 죽으면 그 두려움은 죽은 사람과 같이 하늘로 올라가는 게 아니라 고스란히 남겨진 사람들의 근처에 남겨지니까 말이야. 네가 잘 몰라서 그러는데, 두려움은 다른 어떤 감정들보다 무겁단다."

만약 그런 저울이 있다면 그녀의 말이 사실인지 한번 확인해보고 싶었다. 정말로 두려움이라는 것이 엄마가 보고 싶은 마음보다도 더 무거운지. 그리고 시간이 남는다면 그것도 한번 재어보고 싶었다. 그녀가 얼른 좀 가버렸으면 좋겠는 마음과 아까 그 여자를 조금 더 자세히 봤으면 좋겠는 마음 중 어떤 마음이 더 무거운지.

"그러지 말고 나랑 같이 가보지 않겠니?"

그녀가 가벼운 목소리로 물었다.

"어딜요?"

나 역시 가벼운 목소리로 되물었다.

"어디긴. 그분이 계신 곳이지."

"미쳤나." 나도 모르게 반말이 튀어나왔다. "내가 거길 왜 가요."

"하긴, 네가 가야 할 이유는 없지." 여전히 가벼운 목소리로 그녀가 말했다. "그냥 내 욕심이지. 아무래도 지하라서 깜깜할 테니까 한 사람 정도는 같이 가줬으면 싶은 거지. 이왕이면 깜깜한 곳에서도 아주 잘 뛰어다니는 아주 용감한 남자가 말이야. 예를 들면…… 장 발장?"

나는 몸을 홱 돌려 그녀를 쳐다보았다. 그런 내 어깨에 그녀가 손을 얹었다. 그러고는 덧붙였다.

"걱정 마. 난 누구처럼 입이 싸지 않으니까."

많이 깜깜하지는 않았다. 그래도 나는 앞장서서 걸어주었다. 그랬더니 처음에는 꼭 안내견이라도 된 듯한 기분이 들었다. 하지만 아까 그랬던 것처럼 좋은 게 좋은 거니까 좋은 쪽으로 생각하자고 한 번 더 마음을 고쳐먹었고, 그러자 이번에는 내 몸이 차츰차츰 크고 단단해지는 느낌이 들었다. 이러다가 자칫 등대로 변신해버릴 것만 같은 기분이랄까. 그런데 나의 이런 중2적인 발상과는 별개로 '등대'라는 단어를 떠올리자 언젠가 엄마가 들려준 옛날이야기 하나가 뒤따라 떠올랐다. 당연히 등대를 배경으로 한 이야기였는데, 엄마는 이 이야기를 다자이 오사무 씨의 책에서 봤다고 했다. 그러고 보면 그 일본 사람도 잘만 했으면 나와 친구가 될 수도 있었다. 스스로 강물에 뛰어들지만 않았다면 분명 김유정 씨나 프란츠 카프카 씨 그리고 안톤 체호프 씨처럼 나와 같은 병으로 죽었을 테니까. 즉 그도 아빠 못지않은 베테랑 폐병쟁이였으니까. 어쨌든 엄마가 들려준 옛날이야기는 대충 이런 내용이었다.

옛날에 덴마크에 젊은 어부가 하나 살았는데 하루는 고기 잡으러 바다에 나갔다가 난파사고를 당했다. 젊은 어부는 성난 파도에 휩쓸려 해안에 내던져졌고, 죽을힘을 다해 매달린 것이 등대의 창가였다. 젊은 어부는 기뻤다. 그래서 도움을 청하려고 창문을 들여다봤는데, 그 안에선 등대지기 부부와 그들의 어린 딸이 검소하면서도 단란한 저녁 식사를 이제 막 시작하려고 하고 있었다. 젊은 어부는 생각했다. 내가 지금 살려달라고 소리치면 저들의 행복한 시간은 엉망진창이 되겠지. 그래서 젊은 어부는 주저했고, 창가에 매달려 있던 그의 손끝에서 힘이 빠져나가는 순간 큰 파도가 와서 그를 다시 바다로 데려갔다.[2]

엄마는 이 이야기를 들려준 뒤에 나에게 한 가지만 약속해달라고 했다. 절대로 젊은 어부처럼은 살지 않겠다고. 자신의 행복을 지키기 위해서라면 때로는 타인의 행복을 뺏을 줄도 알면서 살아가겠다고. 멀리 갈 것도 없이, 새엄마가 우리에게 그랬듯이. 나는 엄마가 내민 새끼손가락에 나의 새끼손가락을 걸었다. 그리고 그날의 다짐은 8년이 지난 지금까지도 전혀 말랑말랑해지지 않았다. 이건 정말이다.

꿉꿉한 빨래 냄새가 나는 빈소는 내 방의 반도 안 되는 매우 좁은

---

2 다자이 오사무의 단편 〈눈 오는 밤의 이야기〉의 일부분으로, 그의 중단편선집 《사양》(창비)에 실린 신현선의 번역본을 기초로 해서 잘라내고 덧붙였다.

방이었다. 하긴, 내 방은 6인실이고 이곳은 엄밀히 따지면 1인실일 테니까. 방의 한쪽 모퉁이에는 그 여자가 서 있었는데, 발등에 헬로키티가 그려진 양말을 신고 있는 그녀를 네 명의 예수쟁이들이 에워싸고 있었다. 넷 중 하나가 그녀에게 편지 봉투를 내밀었다. 그러자 그녀는 그 안에 돌아가신 엄마가 하늘나라에서 보내온 편지라도 들어 있다고 생각하는 건지 허리를 90도로 굽히며 봉투를 받았다. 그러거나 말거나 우리는 운동화와 슬리퍼를 벗고 사진 앞으로 걸어갔다. 그리고 그걸로 끝. 우리는 국화꽃을 영정사진 앞에 놓지도 않았고, 그렇다고 해서 향을 피워 향로에 꽂지도 않았다. 우리 앞에 자리한 탁자 위에는 영정사진만이 덩그러니 놓여 있었기 때문이었다. 즉 우리가 할 수 있는 것은 머리를 숙이고 눈을 감는 것뿐이었다.

수녀는 나만 원한다면 묵념을 올리는 대신 절을 두 번 해도 된다고 했다. 웃겨. 사진 속 아줌마를 내가 언제 봤다고. 다만 "이제 그만 떠도 돼" 소리에 다시 눈을 떴을 땐 사진 속 아줌마와 조금은 가까워진 느낌이 들었다. 눈을 감고 있는 동안 아줌마가 내 손을 꼭 잡으며 와줘서 고맙다고 말하고, 내가 '별말씀을요, 안녕히 가세요'라고 대답하는 모습을 상상했기 때문일까. 아니면 그리 멀지 않은 미래에 '아줌마 저도 왔어요'라고 말하게 될 나의 처지가 새삼 깨달아졌기 때문일까.

어쨌든 순서에 따라 우리는 이제 상주에게 인사를 해야 했다. 그런데 그럴 필요가 없었다. 방금 전까지, 그러니까 눈을 감기 전까지 보였던 그녀의 모습이 더는 보이지 않았기 때문이다. 그녀를 에워싸고 있던 네 예수쟁이도 모두 보이지 않는 것으로 봐서 아마도 그들을 배웅하러 간 모양이었다.

"가시는 건 혼자 하실 수 있겠죠?"

내가 말했다.

"왜? 벌써 가려고?"

그녀가 말했다.

"아무 것도 없는데 더 있으면 뭐 해요."

"그래도 더 있으면, 친구를 소개받을 수는 있지."

"친구요?"

"그래, 아까 본 그 친구. 둘이 나이도 비슷하겠다, 이참에 친하게 지내면 좋을 것 같은데?"

그녀는 그렇게 말하며 탁자 위의 사진을 쳐다보았다. 그러고는 윙크를 날리며 "안 그래요?" 하고 덧붙였다.

"누구 맘대로요." 나는 얼른 대답했다. "전 여자랑은 친구 안 먹어요."

"네가 왔다는 서울이 내가 아는 그 서울이 아니라 한양인 줄은 몰랐네."

"맘대로 생각하세요. 전 현명하게 살 테니까."

"여자랑 친구 안 하는 게 현명한 거니?"

"당연하죠."

"아니, 왜?"

"왜긴 왜예요, 남자한테 돈 쓰는 여자는 엄마밖에 없으니까 그렇지."

뭐가 그리 웃긴 건지 그녀는 "하하하" 소리까지 내며 웃었다. "연애도 한 번 못 해봤다면서 네가 그걸 어떻게 알아?"

"제주도에 한라산이 있다는 걸 제주도에 꼭 가봐야 아나요?"

그녀는 또 웃기 시작했다. 그러더니 잘 알겠다며, 자신을 여기 혼자 남겨두고도 정 가야겠다면 그렇게 하라고 했다.

나는 그렇게 했다. 방을 빠져나왔고, 그리 깜깜하지 않은 복도를 지나 모퉁이를 돌았다. 그러자 곧 지상으로 이어지는 경사로가 나왔는데, 아까는 내리막길이었던 그 오르막길의 한편에 여자가 한 명 있었다.

여자는 안쪽 벽에 기댄 채 쪼그리고 앉아 봉투에서 반쯤 꺼낸 것을 만지작거리고 있었다. 그늘이 져서 잘 보이지는 않았지만 녹색보다는 갈색에 가까운 색인 건 분명했는데, 그것에 고정되어 있는 눈동자가 빛나는 것으로 봐서 아무래도 오만 원짜리인 것 같았다. 나는 방해물 따위 되고 싶지 않았고, 그래서 안쪽 벽과 최대한 먼 거리를 유지하며 경사로를 걸어 올라갔다. 하지만 다섯 걸음도 채 떼지 않았을 때 "넌 뭔데 여길 와?"라고 말하는 목소리가 들려왔다. 물기를 잃은 기관지가 대충 밀어 올린 까끌까끌한 질감은 그대로였으나 다만 이번에는 마스크를 턱밑까지 내리고 있었기 때문일까, 확실히 아까의 '좀 닦쳐줄래?'보단 또렷하고 선명하게 느껴졌다. 나는 걸음을 멈추고 고개만 옆으로 돌려 그녀를 보았다. 그리고 말했다.

"담배 피우다 걸리면 강퇴야."

1, 2, 3초 후, 그녀가 내 쪽으로 연기를 길게 내뿜었다. 아니, 내뿜기는 했지만 길게는 내뿜지 못했다. 입 밖으로 나온 연기를 모두 모아봤자 종이컵 하나를 채우기도 힘들어 보였으니까.

"왜?" 깡마른 손가락으로 담뱃재를 바닥에 톡톡 털며 그녀가 말했다. "꼰지르기라도 하시게?"

"왜?" 나도 말했다. "내가 못할 것 같아?"

"못할 것 같은데?"

그러면서 그녀는 담배를 다시 입에 물었고, 한 모금 빨아들이는가 싶더니 연신 콜록거리기 시작했다. 나는 기침이 멈출 때까지 잠자코 기다렸다. 10초도 넘게. 아니, 20초도 넘게. 아무튼 기침이 멈추자 나는 얼른 말했다.

"네가 나에 대해서 뭘 알아."

"네가?" 기침을 하느라 떨궜던 고개를 도로 들어 나를 쳐다보며 그녀가 말했다. "너 지금 나한테 '네가'라고 했냐?"

나는 대답하지 않았다. 그랬더니 그녀는 질문의 내용을 바꿨다.

"너 몇 살이야?"

이번에는 대답했다.

"백 살이다, 왜?"

그녀는 계속해서 나를 빤히 쳐다볼 뿐 답이 없었다. 그래서 나도 질문의 내용을 바꿔봤다.

"그러는 넌 몇 살인데?"

곧장 답이 돌아왔다.

"만 살이다. 그러니까 누나라고 불러."

나는 실은 그녀가 안경잡이인데 눈물을 수시로 흘리고 닦아야 하는 특수성을 고려해서 오늘 하루만 특별히 안경을 끼지 않고 있는 상태라고 할지라도 아주 잘 볼 수 있도록, 최대한 또렷하고 선명하게 코웃음을 지어 보였다. 그런 다음 멈췄던 걸음을 다시 내딛기 시작했다.

한 열 걸음쯤 내디뎠을까, 이제는 등 뒤에서 그녀의 목소리가 다시 들려왔다.

"아무튼 고마워."

나는 또다시 걸음을 멈춰 뒤돌아보았고, 그녀는 더는 나를 쳐다보지 않은 채 담배를 바닥에 비벼 끄며 덧붙였다.

"사실 환자는 네가 처음이야. 그리고 뭐, 마지막이겠지."

나는 적당한 대답이 떠오르지 않았다. 적절한 몸짓 역시 떠오르지 않았다. 부끄럽기도 하고 뿌듯하기도 한 마음만이 뭉개진 담배 끝에서 남은 힘을 모두 짜내고 있는 연기처럼 모락모락 피어오를 뿐이었다. 내가 아는 한 이런 상황에서 내가 취할 수 있는 자세는 오직 하나뿐이었고, 그래서 나는 그걸 했다. 즉 입 닫고 가던 길이나 계속 갔고, 그러자 얼마 안 있어 기다렸다는 듯 빗방울이 얼굴을 때림과 동시에 지상의 여자가 시야에 들어왔다. 그녀는 여전히 즐거운 곳에서 자기를 오라고 해도 자기가 쉴 곳은 오직 자기 집뿐이라는 노래를 서툰 한국말로 부르며 앞마당을 빙글빙글 돌고 있었다. 다만 수녀가 쥐여주었던 우산을 이제는 쓰는 대신 뒤집은 채로 바닥에 질질 끌고 다니면서. 나는 그녀에게 다가가 그녀의 손에서 우산을 뺏어 들었다. 그러고는 같이 돌았다.

한 스무 바퀴쯤 돌았을까, 내내 큰 원을 그리며 돌던 그녀가 갑자기 일직선으로 걷기 시작했다. 비로부터 그녀를 가려주고 있던 나는 그녀를 따라갔고, 그러다 보니 어느새 나는 지하로 이어지는 경사로 입구로 되돌아가 있었다. 나는 발길처럼 눈길 또한 그녀를 따라 경사로 아래쪽으로 옮겼다.

한 사람이 앉아 있던 자리에 이제는 두 사람이 서 있었다. 회색의 펑퍼짐한 치마를 입은 수녀가 훨씬 더 펑퍼짐한 까만색 치마를 입은 누나에게 말을 건네고 있었는데, 수녀의 목소리는 작고 베트남 여자의 노랫소리는 커서 한 마디도 알아들을 수 없었다.

잠시 후, 할 말을 다 한 듯한 수녀가 누나의 등을 쓰다듬기 시작했다. 때를 맞춰 베트남 여자가 두 사람이 있는 쪽으로 걸어 내려갔다. 나는 비에 다시 노출된 그녀를 그 자리에 서서 지켜보기만 할 뿐 이번만큼은 따라가지 않았다. 왜냐하면 한 번 우산이 돼 주기로 했으면 끝까지 우산으로 남는 것이 바람직한 삶이라는 생각은 들었지만 바람직하게 살아야겠다는 생각은 들지 않았으니까. 어쨌든 베트남 여자는 누나의 등에서 수녀의 손을 치운 후에 누나를 꼭 껴안았다. 그러고는 곧장 돌아오더니, 이번에는 나를 꼭 껴안았다. 내가 정말 싫어하는 것 중 하나가 다른 사람과 몸이 닿는 것이라는 사실과는 별개로 나는 그녀를 1초라도 빨리 떼어내기 위해 그녀의 가슴을 세게 밀쳤다. 그녀가 까만색 한복에서 묻혀온, 아니 정확히는 누나한테서 묻혀온 '엄마 없는 사람'의 공기가 내게 옮아붙는 것만 같았기 때문이었다. 하지만 그녀는 매미처럼 잘 떨어지지 않았고, 그래서 나는 까만색 한복을 툭툭 털며 어두운 복도 쪽으로 유유히 사라지는 누나를 지켜보는 것도, 이렇게 빨리 다시 만나게 될 줄은 몰랐다는 표정을 띠고서 내 쪽으로 성큼성큼 걸어오는 수녀를 지켜보는 것도, 나아가 "여자랑은 친구 안 한다면서?"라는 그녀의 질문에 대답하는 것도, 모두 정신 나간 여자의 품에 안긴 상태에서 해야 했다.

"눈에 보이는 게 다가 아니에요."

그녀는 한 차례 씨익 웃어 보일 뿐 별다른 반박을 하지 않았다. 하긴, 보이지 않는다고 해서 존재하지 않는 것이 아니라는 주장을 하며 먹고 사는 입장에서 보이는 것 너머에 뭔가가 더 있다는 주장에 반박하기란 여간 곤란한 일이 아닐 테니까.

어쨌든 나는 내 몸에서 정신 나간 여자를 겨우 떼어내고, 수녀에게 우산 손잡이를 넘겼다. 그러자 그녀가 그것을 다시 정신 나간 여자에게 넘기며 내게 말했다.

"그럼 이번엔 남자를 소개시켜줄 테니까 한 번만 더 따라와 볼래?"

"수녀님," 그녀의 얼굴을 똑바로 쳐다보며 내가 말했다. "제가 언제 수녀님한테 친구가 필요하다고 말한 적 있나요?"

"없지."

"그러니까요. 근데 왜 자꾸 친구 타령이세요?"

"그게 그러니까……. 그래, 이번엔 네가 아니라 그 친구에게 친구가 필요해서 그래."

"그건 그 친구 사정이죠."

"네가 그렇게 말하면 나도 딱히 할 말은 없는데……. 그래, 그냥 못 들은 걸로 해. 내 딴엔 너라면 그 친구가 무척 좋아할 것 같아서 그랬는데, 미안, 내 욕심이었어."

말은 그렇게 했지만 정작 그녀의 칙칙한 얼굴에는 미안해하는 기색보단 섭섭해하는 기색이 역력했다. 그녀의 마음을 풀어주고 싶다는 생각은 전혀 들지 않았다. 어디까지나 내 일은 거기까지였다. 그러니까 그녀가 홀로 가야 할 어두운 복도를 앞장서 걸어주는 것으로 동그랗고 작고 납작한 빵을 훔친 것에 대한 죗값은 모두 치른 셈이었다.

대신 그런 생각은 살짝 들었다. 나를 무척 좋아할 것 같다는 그 친구를 사귄다고 해서 내 삶이 나아질 것도 별로 없겠지만, 반대로 그 친구의 얼굴이나 한번 보고 온다고 해서 내 삶이 크게 나빠질 것도 없겠다는.

"근데 어차피," 내가 말했다. "본관에 사는 애면 저랑 안 만나려고 할걸요."

"걱정 마." 언제 섭섭해했냐는 듯 미소를 띠며 그녀가 대답했다. "차별 같은 건 할 줄 모르는 애니까. 그리고 본관에 안 살아."

본관에 안 산다는 말이 별관에 산다는 뜻은 아니었다. 성당에 살았다. 좀 더 정확히 말하자면, 성당 뒤뜰에 놓인 바나나 박스 안에 살았다.

"엄마는요?"

"죽었어."

"형제는요?"

"걔들도 다."

나는 녀석의 머리통을 집게손가락으로 콕콕 눌렀다. 녀석이 그런 내 집게손가락을 붙잡으려고 폴짝 뛰어올랐다. 그러다 내가 손을 잽싸게 뒤로 빼자 그대로 철퍼덕 주저앉았다. 그런 녀석을 수녀가 번쩍 들어 자기 옆에 쪼그리고 앉아 있는 내 무릎 위에 내려놓았다. 녀석이 옳다구나 하며 마치 철봉에 매달리듯 두 앞발로 내 새끼손가락을 꽉 붙잡았다. 그러고는 연신 깨물었다. 녀석에겐 좀 미안하지만, 하나도 아프지 않았다. 그런 상태에서 내가 손을 움직이자 나를 놓지 않으려고 안간힘을 쓰던 녀석은 자연스레 배를 까고 벌러덩 누웠다. 치즈색인 등과는 달리 우유처럼 하얀 배였다.

"거봐, 널 좋아할 거라고 했잖아."

수녀가 말했고, 나는 대답하는 대신 녀석의 배를 간지럽혔다. 녀석이 나를 보다 세게 깨물면서 동시에 두 뒷발로 내 손을 팡팡 차기 시작했다. 거듭 미안하게도, 하나도 아프지 않았다.

"얘는 뭘 먹어요?"

내가 말했다.

"뭘 잘 안 먹어. 그래서 걱정이야."

그녀가 말했다.

"그러다 결핵 걸리는데……. 우유도 안 먹어요?"

"그건 그나마 좀 먹는 편인데, 근데 별로 안 좋다고 하더라고. 신부님이 인터넷에서 봤는데, 엄마 젖을 뗀 고양이는 젖당분해효소인가가 부족해서 우유를 제대로 소화시키지 못한대."

"나도 그런데."

"정말?"

나는 고개를 끄덕였다.

"그럼 우리 이렇게 하면 어떻겠니?" 치마에 묻은 털을 털어내며 그녀가 말했다. "내가 밖에 나가서 얘가 먹을 만한 사료를 사 올게. 그리고 너에게 줄 테니까, 어때, 얘를 돌봐주겠니?"

나는 녀석의 배에서 손을 떼고 수녀를 쳐다보았다.

"그건 친구가 아니라 아빠가 돼주라는 거잖아요."

"왜? 아빠는 싫어?"

"그럼 좋겠어요? 내 나이가 몇인데."

"그럼 아빠는 말고, 아빠 같은 친구가 되어주면 되지 않을까?"

나는 다시 녀석을 내려다보았다. 녀석은 여전히 배를 보이며 누운 채로 내 손을 다시 붙잡으려는 듯 허공에 대고 두 앞발을 휘두르고 있었다. 녀석에게 내 손을 돌려주며 나는 물었다.

"언제까지요?"

"너만 괜찮다면, 이곳에 머물 동안?"

"그 말은, 평생 책임지라는 거네요?"

"어?" 내내 차분함을 유지하던 그녀의 목소리가 마치 음 이탈을 내 듯 살짝 올라갔다. "그게 무슨 말이니?"

"신부님께서 그건 말씀 안 해주셨나 보네요." 차분함을 유지하며 내가 말했다. "제가 여기서 죽을 팔자라는 건."

"세상에 그런 말도 안 되는 소리가 어딨니?" 이번에는 상당히 올라 갔다. "네가 여기서 죽긴 왜 죽어."

나는 대꾸하지 않았고, 그래서 침묵이 흘렀다.

한 10초쯤 흘렀을까. "나를 봐." 하고 차분함을 되찾은 톤으로 그녀가 말을 이었다. "어때? 내가 여기서 죽을 사람처럼 보여? 아니지? 결핵 따위 곧 탈탈 털고 일어나 앞으로도 씩씩하게 살아갈 사람으로 보이지? 내 눈엔, 너도 그렇게 보여."

나는 그녀와는 달리 나를 볼 수 없었기 때문에 나는 그녀가 시켰던 대로 그녀를 계속 바라보았다.

"말씀은 고마운데요," 그리고 말했다. "저는 수녀님이랑 달라요. 그러니까 죄송한데요, 겨우 1차 약을 먹는 주제에 그런 말씀은 하지 마세요."

그녀는 말없이 내 얼굴만 물끄러미 쳐다보았다. 아마도 마땅한 답변이 떠오르지 않는 모양이었다. 나는 그녀가 그것을 떠올리는 데 쓸데없이 에너지를 낭비하지 않도록 내가 그렇게밖에 말할 수 없었던 이유를 설명해주었다.

"사실이 그래서 그래요. 저도 수녀님처럼 이 병에 걸린 건 처음이지만, 저는 수녀님이랑은 다르게 처음부터 슈퍼결핵에 걸렸으니까요. 슈퍼결핵, 아시죠? 모든 약에 내성이 있어서 아무리 약을 먹어도 균이 잡히지 않는 결핵이요. 의사 선생님은 아마도 10년 넘게 슈퍼결핵을 앓고 있던 아빠한테서 옮아서 그런 것 같다고는 하는데, 뭐 증거는 없어요. 균에 이름이 적힌 것도 아니니까요. 그리고 여기 온 지 70일이 넘었어요. 그동안 저처럼 듣는 약이 하나도 없는 사람이 죽어서 이곳을 나가는 건 네 번도 넘게 봤지만 살아서 나가는 건 몰래 담배 피우다 걸려서 강퇴당하는 아저씨들 말고는 본 적이 없어요. 단 한 번도요."

친절하고 자세한 설명에도 불구하고 그녀는 여전히 말이 없었다. 그래도 나는 보충 설명을 덧붙이기보다는 그녀의 이해력을 믿어보기로 하고 그냥 기다렸다. 그러자 이윽고 그녀가 말문을 열었다.

"아니, 넌 여기서 죽지 않아."

"설마 지금 기도를 열심히 하면 신이 제 폐를 소독해줄 거라는 말씀을 하시려는 건가요?"

"그런 뜻이 아니야."

그녀의 목소리는 제법 단단했다.

"그런 뜻이 아니면요?"

내 목소리도 못지않았다.

"신약이 나왔어."

"네에?" 순간 나도 모르게 목소리가 말랑말랑해졌다. "신의 약이 나왔다고요?"

"아니, 그게 아니라, 새로운 약이 나왔다고. 너 같이 2차 약조차 듣지 않는 아이에게도 효과가 있는, 그래, 어쩌면 3차 약이 말이야." 반면 그녀의 목소리는 단단함을 유지하고 있었다. "너도 알겠지만, 내가 바깥에 있는 병원에 잠시 입원했을 때 거기 계시는 의사 선생님이 그러셨어. 벌써 여러 사람이 그 약을 먹고 균이 잡혔다고."

고양이가 깨물고 있는 손이 이제는 슬슬 아프기 시작했다.

"근데 어째서 저한테는 그 약을 안 주는 거죠?"

내가 말했다.

"잘은 모르겠지만, 돈을 주고 사 먹어야 하기 때문일 거야."

그녀가 말했다.

"수녀님, 수녀님이 뭘 잘 모르시나 본데요, 여긴 나라에서 못사는 사람들을 위해 지은 데라서 뭐든 공짜로 줘요. 여기에 돈 내고 약 먹는 사람 아무도 없어요."

"그건 나도 알아." 그녀는 그렇게 말하며 집게손가락으로 고양이의 배를 콕콕 눌렀다. 그러고는 덧붙였다. "근데 육만 원이라면 아무리 나라라도 좀 곤란하지 않을까? 듣기로는 육만 원이라고 하더라고."

나는 고양이를 들어 박스에 도로 담았다. 녀석은 나와 떨어지기가 싫은 듯 내 손을 놓으려고 하지 않았다. 그러거나 말거나, 나는 주먹을 꽉 쥐며 말했다.

"영혼을 팔게요."

"어?" 그녀의 눈이 동그래졌다. "뭐?"

"성당에 다니겠다고요. 사실, 저 다 알고 있어요. 성당에 다니면 육만 원씩 준다는 걸요. 매점 할머니가 그랬어요. 한 달에 네 번 주일미사만 참석하면 매달 마지막 날에 통장으로 꽂아준다고요. 다른 사람한테도 이미 확인했어요. 할머니는 워낙 못 배우신 분이라서 말도 안 되는 소리를 곧잘 하시지만 그 형은 서울대를 나온 사람이라서 없는 소리는 절대로 안 하거든요."

그녀의 눈은 계속해서 동그란 모양을 유지하고 있었다. 그녀의 입도 헤 벌어진 상태를 유지하고 있을 뿐 아무런 말도 꺼내놓지 않았다. 결국 나는 말을 더 할 수밖에 없었다.

"네, 알아요. 제가 예수님을 믿지 않는다는 걸 수녀님도 알고 있다는 걸요. 맞아요. 인정해요. 사실 수남 형이 그랬어요. 좀 전에 말한 서울대 나온 형이요. 신을 믿지도 않으면서 육만 원 때문에 성당에 나가는 건 결국 영혼을 파는 짓이라고요. 근데 뭐, 그게 어때서요? 그게 그렇게 잘못된 일인가요? 설마 수녀님도 제 영혼이 육만 원보다 비싸다고 생각하시는 건 아니겠죠?"

달라지는 건 없었다. 동그래졌던 눈만이 원래 모양을 되찾았을 뿐, 그녀는 여전히 나를 가만히 바라만 보았다. 하지만 이번에는 나도 말을 더하진 않았다. 하고 싶은 말을 모두 쏟아 내버린 뒤였으니까.

"그게 그러니까……."

마침내 그녀가 입을 열었다.

"네, 말씀하세요, 수녀님."

"내가 말한 육만 원은 한 알의 값이란다."

"……."

"그리고 그 약 역시 2차 약처럼 2년을 먹어야 한다더구나."

나는, 일어나 바지에 묻은 고양이 털을 툭툭 털어냈다.

"그만 가볼게요. 곧 점심시간이라서요."

"그래. 많이 먹어라."

"네. 수녀님도 많이 드세요."

"그래. 나도 많이 먹을게."

"근데 수녀님은 이름이 어떻게 되세요?"

"나? 루치아나. 성은—"

"됐어요. 그것까지 알아서 뭐 해요."

루치아나 수녀는 나에게 자기 우산을 쓰고 가라고 했지만 나는 정중히 사양했다. 빗방울도 많이 작아졌고, 무엇보다 좀 귀찮았다. 어쨌든 별관 앞마당으로 이어지는 오솔길을 내려오던 나는 그 길을 따라 길게 늘어선 나지막한 돌담 곁으로 바짝 다가섰다. 그러고는 눈을 감고, 돌담 틈새에 피어 있는 수많은 클로버들 중에서 하나를 뜯었다.

"엄마에게 말하면, 운다."

"웃는다."

"운다."

눈을 뜨자, 바람이 떼 내어진 세 개의 잎을 내가 가는 방향으로 떠밀고 있었다. 하지만 하나같이 빗물에 젖은 바닥에 달라붙은 바람에 단 한 잎도 다시 걷는 나를 따라오지 못했다.

79일

신입이 들어왔다. 내 맞은편 침대로 왔는데 3일 전까지 그 침대를 썼던, 그러니까 3일 전 죽은 박현태 씨보다 나이는 다섯 살 어렸지만 결핵 경력은 훨씬 길었다. 그는 20년 전쯤 처음 이 병을 앓았고, 그때 1차 약을 먹고 나았다가 얼마 전 재발해 2차 약을 먹기 시작했다고 했다. 재발하는 사람들 대부분이 그렇듯 1차 약의 원투펀치라고 할 수 있는 리팜핀과 아이나에 내성이 생겨 더는 1차 약으로는 균을 잡지 못해서.

첫인사를 나누는 시간, 그는 방 사람들이 다 있는 데서는 "뭐, 뺑끼칠이나 하면서 근근이 먹고 살았습니다"라며 자기소개를 간략히 끝냈지만, 나중에 나와 단둘만 남게 되자 자신은 보통의 페인트공과는 거리가 먼 매우 특별한 페인트공이라는 사실을 알아주면 좋겠다고 당부했다. 비밀엄수를 약속하는 서약서에 사인을 했기 때문에 장소는 말해줄 수 없지만 아무튼 전두환 시대 때부터 지도에는 나오지 않는 국가보안시설의 외벽을 주로 칠했다는 것이었다. 그러면서 이것도 나만 알고 있으라면서, 만약 전쟁이 일어난다면 '썩은 사과 활용 정책과 프로그램'에 따라 국가는 우리 같이 국립병원에 입원 중인 전염병 환자들을 총알받이로 쓴다고 했다.

나는 처음엔 믿지 않았다. 우리 같은 사람들을 공짜로 먹여주고 재워주고 약도 주는 착한 나라에서 그런 못된 짓을 벌일 리가 없었으니까. 설사 벌인다 하더라도 그땐 이곳 사람들의 가족들이 가만있지 않을 테니까. 하지만 결국 믿을 수밖에 없었다. 우선 공짜로 먹여주고 재워주고 약도 줘가며 연명시켜준 목숨이기 때문에 자기들이 필요할 때 도로 가져갈 수 있는 거라는 그의 주장에 일리가 있어 보였으니까. 그리고 내가 머리에 총알이 박혀서 죽으니 여기서 그냥 남들처럼 각혈이 안 멈추거나 숨이 안 쉬어져서 죽겠다며 총알받이로 끌려가기를 거부할 때 그런 날 위해 국가에 최소한의 입김이라도 불어넣을 수 있는 7급 이상의 군인이나 경찰 또는 행정직공무원이 가족 중에 하나라도 있느냐는 그의 물음에 대한 마땅한 답을 찾을 수 없었으니까. 끝으로 이곳에 살고 있는 사람들 중 열에 아홉은, 아니 백에 아흔아홉은 나와 처지가 별반 다르지 않을 거라는 그의 예측이 딱히 틀리지 않았으니까.

어쨌든 그는 너무 걱정하지 말라고 했다. 요즘은 전쟁이 나도 단추 몇 번 누르는 걸로 끝난다고. 더욱이 걔들이 생각이 조금이라도 있는 애들이라면 서울대나 한국과학기술연구원같이 쓸모 있는 사람들이 모여 있는 곳을 놔두고 폐병쟁이들로 우글우글한 이곳을 폭파시키는 데 괜한 미사일 낭비를 하지는 않을 거라고. 그러면서 침대 위에 양반다리를 하고 앉아 종이건반을 두드리기 시작하는 나에게 한 가지 간단한 부탁을 했다. 페인트 냄새를 하도 많이 맡아서 머리가 나빠진 건지 아까 분명 간호사가 가르쳐줬는데 그새 까먹었다며, 아침 점심 저녁은 몇 시에 먹고 외출 외박은 언제부터 가능하며 어떤 규칙을 어겼을 때 강제 퇴원을 당하는지 한 번만 더 설명해달라고.

나는 그 모든 것들을 연주 중인 녹턴의 악보처럼 달달 외우고 있었지만 그런 건 나한테 묻지 말고 수첩을 보라고 말했다. 그 안에 다 적혀 있다고. 그러자 그는 마땅찮은 얼굴로 내가 시키는 대로 하기 위해 침대 발판 쪽으로 몸을 구부리고는, 그곳에 부착된 아크릴 포켓에 꽂혀 있는 수첩을 꺼내어 들었다. 그러고는 휘리릭 넘기더니 이렇게 말했다.

"이건 뭐, 말만 환자수첩이지 내가 쓸 데는 아예 없네."

그건 그랬다. 그것의 갈색 표지에는 분명 '환자수첩'이라고 쓰여 있었지만 입원 생활과 결핵약에 대한 전반적인 정보가 적힌 페이지를 제외하면 정작 환자인 우리를 위한 페이지는 단 한 페이지도 없었다. 30쪽에 달하는 나머지 페이지는 처음부터 끝까지 간호사들을 위한 페이지라고 할 수 있었다. 왜냐하면 그녀들에겐 우리가 약을 먹으면 그것을 지켜보는 것에 더해서 그 시간과 함께 자신의 이름을 그 나머지 페이지, 즉 '기록표'에 써넣어야 하는 의무가 있었기 때문이다. 그러니까 하루에 세 번씩.

그런 그녀들이 한 달에 한 번씩만 써넣는 것이 있었다. 우리는 매달 첫날이면 아침에 눈을 떴을 때 침대맡 사물함 위에 놓인 높이가 10센티미터쯤 되는 막대형 플라스틱 통을 발견했다. 마치 산타클로스가 두고 간 선물처럼 우리가 잠든 사이 간호사가 몰래 놓고 간 그투명한 통에는 우리들 각자의 이름이 쓰여 있었고, 우리는 아침밥을 먹기 전임에도 불구하고 이를 닦은 후에 밤새 가슴속 저 깊은 곳에 고여 있던 가장 진득하면서도 가장 순수한 가래를 끌어올려 그 안에 뱉었다. 그런 다음 간호사실 앞에 마련된 박스에 갖다 두면 간호사가 '객담통'이라 부르는 그 통들을 본관에 있는 검사실로 가져갔고, 그러면 그곳의 공무원이 현미경을 이용해 그 안에 담긴 것들을 하나하나 들여다보았다. 그리고 이른바 '도말검사'라고 부르는 그것의 결과가 나오면 간호사들이 그 결과를 역시나 우리들 수첩에 기록해주었는데, 그때는 시간이나 자신의 이름 같은 건 써넣지 않았다. 뺄셈표나 덧셈표만 써넣었다.

우선 균이 발견되지 않았을 땐 뺄셈표를 하나 써넣었다. '–', 이렇게.

참고로 그걸 써넣을 때 간호사들은 보통 이렇게 말했다.

'축하드려요, 음성이네요.' 혹은 '축하드려요, 네거티브네요.'

반면 균이 발견됐을 땐 덧셈표를 써넣었다. 그런데 뺄셈표와는 달리 하나에만 그치지 않았고, 그 개수는 저마다의 사정에 따라 달랐다.

몇 개만 발견된 사람은 '+', 이렇게 한 개.

그보단 조금 더 많이 발견된 사람은 '++', 이렇게 두 개.

꽤 많이 발견된 사람은 '+++', 이렇게 세 개.

끝으로, 셀 수 없을 만큼 발견된 사람은 '++++', 이렇게 네 개.

뺄셈표를 써넣을 때와는 달리 덧셈표를 써넣었을 때 간호사들은 특별한 일이 있지 않는 한 우리에게 먼저 말을 걸지 않았다. 기대했기에 낙담한 얼굴을, 기대 같은 건 진작 접었기에 체념한 얼굴을 하고 있는 사람들에게 무슨 할 말이 있겠는가. 그래서 몇 초만 기다렸다 수첩을 확인하면 될 것을 그 몇 초를 못 참고 굳이 결과를 물어오는 사람들에게만 이렇게 답해줄 따름이었다.

'원 포지티브네요. 조금만 더 힘내세요.'

'투 포지티브네요. 조금 더 노력하셔야 할 것 같네요.'

'쓰리 포지티브네요. 그래도 희망은 버리지 마세요.'

'포 포지티브네요. ……'

하지만 우리는 그 덧셈표들을 그런 식으로 부르지 않았다. 그저 보이는 대로 불렀다. 아니, 느껴지는 대로 불렀다.

'십자가 한 개', '십자가 두 개', '십자가 세 개', '십자가 네 개'.

뭐, 어쨌건 신입이 수첩을 내려다보며 혼잣소리처럼 중얼거렸다.

"5시부터 5시 40분까지라……. 저녁이 너무 빠른데……."

80일

저녁 8시쯤, 수남 씨가 보고 있던 환자수첩을 탁 소리가 나도록 덮으며 옆옆 침대에 누워 있는 내게 말했다.

"이번 달에도 십자가 세 개냐?"

"아니요." 이불을 코밑까지 끌어올리며 내가 대답했다. "하나 늘었어요. 형은 이번 달에도 네 개예요?"

그는 어깨를 으쓱해 보이고는 이번에는 대각선 맞은편 침대 위에 자신처럼 양반다리를 하고 앉았지만 자신과는 달리 흐뭇한 표정으로 수첩을 바라보고 있는 배상목 씨에게 말했다.

"조만간 본관으로 내려가시겠네요."

그랬다. 조금 전 방을 나간 간호사가 그의 수첩에는 뺄셈표를 써넣었다. '축하드려요, 음성이네요'라는 말과 함께. 따라서 그는 한 달 뒤쯤 결과가 나오는 '배양검사'에서마저도 음성판정을 받게 된다면 일단 균이 잡혔다는 판단하에 그길로 짐을 싸서 본관으로 내려갈 터였다. 그리고 그곳으로 내려간 뒤에도 그 짧은 뺄셈표가 스무 달 가까이

끊이지 않고 마치 책에 긋는 밑줄처럼 한 줄로 길게 이어진다면, 그땐 비로소 균이 완전히 사라졌다는 판정을 받으며 이 도시와는 영영 빠이빠이 할 수 있었다.

물론 집으로 돌아가기 전에 이곳 별관으로 되돌아올 가능성도 아예 없지는 않았다. 아주 낮은 확률이지만 그곳으로 내려간 사람들 가운데 이제 다 나았다는 자체 판단하에 외박을 나가 약을 내팽개치고 대신 담배와 술을 물고 빠는 식으로 균에 대한 정면도전을 감행했다가 균에게 큰 코를 다쳐 이제는 십자가가 그려진 수첩을 들고서 이곳으로 되돌아오는 사람이 없지 않았고, 배상목 씨가 그런 철없는 어른들과 다르다는 보장 또한 어디에도 없었으니까.

어쨌든 그는 돈을 펑펑 써도 좋을 만큼 기분이 좋았는지 오늘은 자기가 쏠 테니 치킨을 시키라고 나에게 말했다. 만약 한 마리만 시키라고 말했다면 나는 고민할 것도 없이 호식이두마리치킨에 전화를 걸었을 터였다. 하지만 두 마리를 시키라며 삼만 원을 쥐여 주었기 때문에 나는 BBQ에 전화를 걸어 양념과 프라이드를 한 마리씩 시킬 수 있었다. 얼마 후 이 병이 공기 타기의 명수라는 사실을 아는 듯한 배달원으로부터 건물 밖에서 기다릴 테니 직접 와서 가져가라는 전화가 걸려왔고, 나는 1층으로 내려갔다. 그런데 엘리베이터에서 내려 건물 밖으로 나가 보니 테라스 아래 앞마당에는 한 대가 아니라 두 대의 오토바이가 시동을 켠 채로 멈춰 서 있었다. 오토바이가 두 대이니 배달원도 당연히 두 명이었는데, 그들은 3루수와 1루수처럼 멀찍이 떨어져 있었다. 나는 시력이 2.0인 데다 밤눈도 밝았기 때문에 곧장 3루 쪽으로 걸어갔다. 그러니까 안장 뒤에 달린 배달통에 'BBQ'

가 새겨진 오토바이 쪽으로. 그리고 치킨을 받아들고 돌아서려는 순간 1루 쪽으로 걸어가는 여자가 눈에 들어왔다. 그러니까 '호식이두마리치킨'이 새겨진 오토바이 쪽으로 걸어가는 여자는, 9일 전에도 본 적이 있는 여자였다.

누나는 이제는 까만색 한복 대신 나와 같은 푸른색 줄무늬 옷을 입고 있었다. 긴 생머리도 그때처럼 틀어 올려 묶지 않고 무방비하게 늘어뜨리고 있었다. 마스크도 쓰고 있지 않았다. 하지만 걷는 모습만큼은 그때와 하나 다르지 않았다. 가슴에 한 손을 얹고서, 몇 걸음에 한 번꼴로 멈추며 숨을 가다듬었다. 나는 인사를 할까 말까 망설이다가 결국 하지 않는 쪽을 택했다. 그쪽에서 내 쪽을 한 번 힐끗 보고 말았을 뿐 알은체를 하진 않았으니까.

건물 안으로 들어오자, 누나를 태우고 내려왔을 엘리베이터가 1층에서 나를 기다리고 있었다. 나는 탔다. 5층 버튼을 눌렀다. 그리고 문이 닫히려는 순간 후다닥 빠져나왔다. 그러고는 곁눈으로 출입구 쪽을 보았다. 이윽고 유리문을 밀고 건물 안으로 들어서는 누나의 모습이 보였고, 나는 얼른 화살표 버튼을 눌러 5층에 가 있는 엘리베이터를 다시 내려오도록 했다. 엘리베이터가 3층과 2층 사이에 다다랐을 때, 누나가 내 옆에 섰다. 우리는 조용했다. 이내 문이 열리고 함께 안으로 들어갈 때에도, 3과 5, 각자의 층수를 누를 때에도 우리는 계속 조용했다. 문이 닫히고 엘리베이터가 움직이는 약 20초 동안의 시간도 마찬가지였다. 각자의 손에 두 마리씩 들린 치킨이 만들어내는 포장용 비닐봉지 그 특유의 바스락 소리를 제외하면 우리는 그 어떤 소리도 내지 않았다. 3층에, 그러니까 2차 약을 먹는 여자 병동에 도

착한 엘리베이터의 문이 열릴 때까지.

"비싼 거 먹네."

그녀가 말했고, 문이 닫힐 때, 나도 말했다.

"내가 사는 날이라서."

방으로 돌아온 나는 배상목 씨의 침대에 달린 간이 식탁을 올린 다음 그 위에 테이블 세팅을 했다. 평소였다면 강인식 씨의 침대에서 그랬겠지만 오늘은 장유유서 법칙보다 자본주의 법칙이 더 존중받아야 하는 날이었으니까. 어쨌든 배상목 씨는 침대 위에 앉아서, 어제 들어온 신입과 내일모레면 팔십인 강인식 씨를 포함한 나머지 다섯은 침대 곁에 서서 치킨을 먹기 시작했고, 한 5분쯤 지났을까, 수남 씨가 말했다.

"반반씩 두 마리를 시키지 그랬어."

나는 선뜻 이해가 되지 않았다. 서울대씩이나 나온 사람이 어째서 이런 한심한 소리를 하는 건지. 반반씩 두 마리나 각각 한 마리나 어차피 양념과 프라이드의 총량이 동일하다는 건 전교는커녕 반에서조차 10등 근처도 못 가본 나도 다 알 만한 사실인데.

"너무 안 그러셔도 돼요." 수남 씨가 다시 말했다. 이번에는 내가 아닌 배상목 씨에게. "이 정도로는 균 안 옮아요."

아하, 이제는 이해할 수 있을 것 같았다. 그러고 보니 배상목 씨의 행동이 평소와는 영 딴판이었다. 이것부터 먹자, 저것부터 먹자 합의 같은 건 본 적이 없음에도 불구하고 어쩌다 보니 우리는 양념부터 해치우기 시작했는데, 박용구 씨와 강인식 씨가 두 조각씩, 신입과 수남 씨가 세 조각씩, 그리고 내가 네 조각을 먹을 동안 그만은 프라이드만 세 조각째 먹고 있었다. 다시 말해 그 개수가 박용구 씨와 강인식 씨처럼 두 개든 신입과 수남 씨처럼 세 개든 그리고 나처럼 네 개든, 일단 십자가가 폐에 꽂힌 사람들의 젓가락이 왔다 갔다 하는 양념 쪽으로는 자신의 젓가락을 아예 가져가지 않았다. 내 기억이 정확하다면 그는 누구보다 양념을 좋아하는 어른이었다.

"아니야, 그런 거." 살이 얼마 남지 않은 프라이드 닭 다리를 흔들어 보이며 그가 말했다. "오늘은 양념이 별로 안 당겨서 그래."

"괜찮아요. 여기 형님 이해 못하는 사람 아무도 없어요. 누구라도 그럴 거예요."

수남 씨가 말했고, 우리 중 하나가 치킨을 들지 않은 손으로 리모컨을 집어 들어 텔레비전을 켰다. 그런 다음 우리 중 넷은 27인치 낡은 브라운관에서 흘러나오는 것을 보며 누구의 입에서 나왔는지는 별로 중요하지 않은 말들을 주고받았다.

"등신 같은 놈들, 또 지고 있네."

"투수가 문제네."

"투수도 문젠데, 감독이 더 문제죠."

"에이, 그래도 야구는 선수가 하는 건데 투수가 더 문제지."

"맞아요. 경기가 끝나면 승도 패도 모두 투수가 가져가잖아요."

"너처럼 단순하게 접근하면 그렇게 보이겠지. 아니, 그렇게밖에 안 보이겠지."

"……."

"나무만 보려고 하지 말고 숲을 좀 보는 건 어때? 한 경기가 아니라 133경기를 치르는 시즌 전체를 말이야."

"……."

"어때? 그래도 아직 경기의 승패를 결정하는 데 있어 감독이 차지하는 비중이 투수의 그것보다 낮은 것 같아?"

"……."

"어떤 투수들로 선발진을 꾸릴지, 불펜투수 중 누구를 승리조로 쓰고 누구를 추격조로 쓸지, 어떤 투수를 2군으로 보내고 또 어떤 투수를 1군으로 승격시킬지 정하는 것은 전적으로 감독의 몫이고, 그건 투수 하나가 한 경기를 잘 던지고 못 던지는 것보다 팀에 끼치는 영향이 크지 않을까? 난 그렇게 생각하는데?"

"……."

"어디 그뿐인가. 투수의 한계 투구 수는 몇 개인지, 며칠 동안 총 몇 개의 볼을 던졌는지, 왼손타자와 오른손타자 상대 피안타율은 얼마인지, 그리고 현재의 볼끝이 보통 때에 비해 좋은지 나쁜지 뭐 이런 것들을 종합적으로 고려해 가장 알맞은 때에 교체 타이밍을 가져가는 것은 또 누구의 몫일 것 같아? 설마 투수 자신이라고 생각하는 건 아니겠지? 자, 이런데도 패배의 책임이 감독보다 투수에게 더 있다고 생각해?"

"역시 대학을 좋은 데 나와서 그런가, 확실히 우리랑 틀리네."

"틀린 게 아니라 다른 거겠죠. 뭐 아무튼 건수 너, 감독이 영어로 뭔지 알아?"

"헤드 코치요."

"오, 제법인데. 그럼 야구 감독은 헤드 코치라고 부르지 않고 다르게 부르는 것도 알아?"

"……"

"뭐, 너라면 그것까진 모를 수 있지. 매니저라고 불러. 왜겠어?"

"……"

"축구나 농구 감독들에게 요구되는 역할이 주로 전술을 짜고 기술을 가르치는 것에 집중되어 있는 반면 야구 감독에게 요구되는 역할은 그보다 훨씬 광범위하기 때문인 거 아니겠어? 말 그대로 '운영'을 하니까 말이야."

"수남이 네 말대로라면, 코치가 장관이면 감독은 대통령쯤 되겠네."

"뭐, 그렇게 볼 수도 있죠. 아니면, 간호사와 의사로 볼 수도 있을 테고."

"그렇다면 우린 제대로 된 감독을 못 만난 건가?"

"그게 아니라, 감독도 어쩌지 못하는 시즌을 치르고 있는 거겠죠. 제구력이 엉망인 투수들만 데리고서 말이에요. 그것도 선구안이 좋은 타자들로만 꾸려진 팀들을 상대로."

"그래도 상목 씨는 가을야구 갔네."

"상목 형님 같은 경우는 1, 2선발이 제 역할을 해줬으니까요. 2차 약제 중 효과가 가장 좋은 레보플록사신과 프로치온아미드에 내성이 안 왔고, 또 주사제인 카나마이신도 나름의 필승조 역할을 해주고 있고."

"부럽네. 가을에 야구도 해보고."

"형님이랑 인식 어르신 같은 경우는 포기하긴 이르죠. 그래도 아직

사이클로세린이랑 파스는 살아 있으니까요. 근데 건수랑 저 같은 경우는 괜한 희망 따위 안 갖는 게 그나마 정신 건강을 위해서라도 더 낫죠. 스트라이크를 던질 줄 아는 투수 자체가 아예 없으니까."

"그래도 혹시 아나, 헛스윙만 일삼는 팀을 만나서 1승이라도 하게 될지."

"글쎄요. 선수들이 단체로 승부조작에 가담하지 않은 이상 그런 팀을 만날 확률이 얼마나 되겠어요. 그리고 만분의 일의 확률로 그런 등신 같은 팀을 만나 1승을 한다 하더라도 꼴지를 면할 수 있는 것도 아니고…… 결국 달라질 건 아무것도 없는 셈이죠."

침묵이 흘렀고, 우리 중 하나가 텔레비전 볼륨을 두 칸 높였다.

"아무튼 잘 먹었어요, 형님."

"왜? 더 먹지 않고?"

"아니에요. 충분히 먹었어요. 건수 너라도 많이 먹어."

나는 그렇게 했다. 시즌이 망한 건 망한 거고 치킨이 맛있는 건 맛있는 거니까. 이윽고 간이 식탁 위에는 뼈들만 남았고, 방에는 쓰레기통이 여섯 개나 됐지만 나는 이곳의 반강제적인 권유에 따라 뼈들을 들고 방을 나와 공동샤워실 옆에 자리한 공동주방에 버렸다. 그런 다음 곧장 방으로 돌아와 이번에는 칫솔을 챙겨 들고 다시 나왔다. 식후 3분 안에 반드시 이를 닦겠다고 엄마와 약속했으니까.

공동화장실 옆에 별도로 마련된 공동세면실에는 수남 씨가 먼저 와 이를 닦고 있었다.

"형, 이거 비밀인데요." 칫솔에 치약을 짜며 내가 말했다. "수녀님이 그러던데 바깥에 있는 우리 같은 사람들 중에서 신약이란 걸 먹고 균이 잡힌 사람이 여럿 있대요."

"자이복스? 알아, 나도." 칫솔을 문 채로 벽 거울 가까이 얼굴을 가져다 대며 수남 씨가 말했다. "그리고 그게 뭐가 비밀이야. 여기서도 벌써 두 명이나 그 약을 먹고 본관으로 내려갔는데."

"정말요?"

"정말이지 않을 이유가 없잖아?"

"그거…… 좆나 비싸다던데."

그는 인중에 난 여드름을 짜다 말고 나를 쳐다보았다.

"건수야, 그럴 땐 좆나 비싸다고 하는 게 아니야. 씨발 좆나 비싸다고 하는 거지."

나는 묵묵히 이를 닦기 시작했고, 그는 손톱 끝에 달라붙은 고름을 튕기며 덧붙였다.

"들리는 소문으로는 한 명은 이혼할 때 받은 위자료를 전부 쏟아부었다 그러고, 나머지 한 명은 아예 집을 팔았다 그러더라고."

엄마는 자존심이 강해서 위자료를 받지 않았기 때문에 우리에겐 쏟아부을 만큼의 큰돈이 없었다. 또 엄마는 나를 갖는 조건으로 206동 802호를 아빠에게 양보했기 때문에 우리는 당연히 팔 수 있는 집도 없었다. 그러니 나는 잠자코 기다려야 했다. 엄마가 약속을 지킬 때까지. 그러니까 팔리는 작가가 돼서 팔 수 있는 '우리 집'을 살 때까지. 집에 관해서라면 수남 씨도 사정은 별반 다르지 않아 보였다. 이렇게 말하는 것으로 봐서.

"엄마라도 돌아가셔야 집이라도 팔 텐데."

130일

오늘만큼은 내 쪽에서 먼저 알은체를, 아니, 아는 척을 할 수밖에 없었다.

"우유는 안 좋아."

누나가 고개를 돌려 나를 올려다보았다. 그러고는 도로 앞을 보며 "정말이니?" 하고 고양이에게 말했다.

우리는 동화 속에 사는 것이 아니니 고양이는 당연히 대답할 리가 없었고, 나는 현실 속의 그 고양이가 멀뚱히 내려다보고 있는 플라스틱 그릇을 집어 들었다. 나는 그 안에 담긴 우유를 뒤뜰에 피어 있는 겨울잡초들에게 물을 주듯 버린 뒤에 빈 그릇을 본래 자리에 내려놓았다. 그런 다음 파카 안에 입은 푸른색 줄무늬 윗옷의 주머니에서 사료를 한 움큼 꺼내어 담아주었는데, 그러다 보니 나는 평소처럼 고양이 앞에 쪼그리고 앉게 되었다. 그런데 누나 또한 이미 녀석 앞에 그러고 있었기 때문에 우리는 서로의 무릎이 닿을락 말락 할 만큼 바짝 붙어 앉을 수밖에 달리 도리가 없었다. 어쨌든 녀석이 저녁 식사를 시작하자, 누나가 이번에는 녀석이 아닌 내게 물었다.

"얘는 이름이 뭐니?"

나는 가르쳐주었다.

"없어."

누나는 이유를 물었다.

"아무도 지어주지 않았으니까."

"그래? 그럼 내가 지어줘도 돼?"

나는 누나의 옆얼굴을 바라보았다. 그리고 되물었다.

"2차 약 먹지?"

누나도 내 얼굴을 바라보았다. 그리고 역시 되물었다.

"근데?"

"몇 개 들어?"

눈길을 고양이에게로 되돌릴 뿐 누나는 대답하지 않았다. 그렇다고 손가락이 답을 대신하는 것도 아니었다. 그랬기에 나는 그녀의 깡마른 손을 내려다보며 이렇게 말할 수 있었다.

"그럼 자격 없지. 이름을 지어준다는 건 엄마나 아빠가 되어주겠다는 뜻이니까."

우리는 잠시 침묵을 지키다가 그냥 그래야 할 것 같아서, 서로의 이름을 주고받았다. 그런 다음 이 역시 그냥 그래야 할 것 같아서 서로의 나이를 주고받았다. 우리가 처음 만났던 날 서로 지지 않으려는 두 마음이 제멋대로 정한 '백 살'과 '만 살'이 아닌 세상이 정해준 나이를.

"내가 너보다 세 살 많네. 그니까 앞으로는 진짜로 누나라고 불러."

강희가 말했다.

"내가 왜. 우리 엄마 딸도 아닌데."

내가 말했다.

"그럼 뭐라고 부를 건데? 왜, 그때처럼 '너'라고 부르게? 싸가지 없이?"

"…… 뭐, 안 부르면 되지."

그러면서 나는 고양이의 이마를 긁어주기 시작했는데, 약 10초 후 아주 잠깐, 내 오른손 새끼손가락에 강희의 왼손 새끼손가락이 와 닿았다. 자기도 나처럼 긁어보고 싶은 거겠지. 하지만 강희의 손가락들은 허공에 머물 뿐 고양이의 이마에 가닿진 못했다. 고양이의 좁은 이마는 내 네 개의 손가락만으로도 이미 발 디딜 틈 없는, 아니 손가락 디딜 틈 없는 상태에 놓여 있었기 때문이었다. 나는 두 개의 손가락을 녀석의 이마에서 떼어냈다. 그러자 곧이어 내가 양보한 그 빈 공간에 강희의 손가락 두 개가 착지하는 새의 두 다리처럼 내려앉았다. 한 고양이의 이마 위에서 같은 모양으로 움직이고 있는 두 쌍의 손가락이 꼭 한 무대 위에서 춤을 추는 한 쌍의 무용수 같다는 생각이 머릿속 가장자리를 어슬렁거리는가 싶더니 이내 뒤따라 들어선 훨씬 힘이 센 생각에 떠밀려, 그러니까 오늘은 1월 1일 즉 나도 이제 열여섯인데 이런 중2스러운 생각은 그만하는 게 좋겠다는 생각에 떠밀려 머리 밖으로 쫓겨나려고 할 때, 새가 다시 날아가 버리듯 손가락을 도로 떼어내며 강희가 혼잣소리처럼 말했다.

"아, 담배 당긴다."

나도 혼잣소리처럼 말했다.

"죽으려면 뭔 짓을 못 해."

"실은 끊은 지 오래됐어. 그날도 엄마 때문에 3년 만에 처음 핀 거야."

강희는 그렇게 말하며 이제는 고양이의 볼을 간지럽히기 시작했다. 단정하게 깎인 그녀의 손톱은 온통 창백한 빛을 머금었을 뿐 반달의 끄트머리조차 찾아볼 수 없었다. 언젠가 수남 씨가 가르쳐주었던 '손톱이 알려주는 건강 신호'가 사실이라면, 좀 많이 먹지…….

"넌," 강희가 다시 말했다. "이 병의 가장 나쁜 점이 뭐라고 생각해?"

"나?" 내가 대답했다. "부끄러운 거?"

"하긴, 그것도 있지. 돌을 넣은 눈뭉치처럼 숨 속에 균이 숨어 있으니까 사람들 앞에만 서면 무슨 잘못을 한 것도 아닌데 얼굴을 잘 못 들게 되니까. 차라리 암이라면 떳떳이 밝히고 당당히 위로라도 구할 텐데 말이야. 근데, 틀렸어. 진짜로 가장 나쁜 점은…… 시간이 너무 느리게 흐른다는 거야. 너무 느리게 흐르니까, 자꾸 희망을 품게 되거든. 차라리 암이라면 깨끗이 도려내든지 아니면 깨끗이 단념이라도 할 텐데 말이야."

바람이 불었다. 강희의 머리칼이 흔들렸다.

"근데 머리가……."

"왜? 이상해?"

그건 잘 모르겠고, 허리까지 내려왔던 긴 생머리가 이제는 어깨에 닿을락 말락 할 정도까지 싹둑 잘려 나간 건 틀림없어 보였다.

"차였나 보네."

"차이긴 뭘 차여. 머리 말리기 귀찮아서 그냥 잘랐구만. 왜? 그렇게 별로야?"

잘려 나간 강희의 머리카락들에겐 좀 미안하지만, 잘 어울렸다.

"상관없잖아. 어차피 얼굴이 못생겼는데."

침묵이 흘렀고, 바람이 다시 불었다. 바람은 몹시 차가웠고 침묵은 그리 길지 않았다.

"우리 그러지 말고," 강희가 말했다. "지어주자, 이름."

"아까 말했잖아. 이름을 지어준다는 건 엄마나 아빠가―"

"원래 엄마 아빠가 자식보다 먼저 죽는 거야. 그리고 고양이 수명이 10년이라고 치면 우리가 지금부터 2년만 더 살아줘도 얘가 어른 될 때까지는 살아주는 거니까, 엄마 아빠 노릇은 다 하는 셈인 거지."

"……."

"건강이 어때? 너랑 내 이름 앞 글자를 하나씩 따서."

"……."

"왜? 별로야?"

나는 계속 침묵했고, 강희는 다시 말했다. 다만 이번에는 내가 아닌 건강이에게.

"건강아."

우리는 동화 속에 사는 것이 아니니 건강이는 당연히 대답할 리가 없었고, 그저 제 앞발을 핥을 뿐이었다.

"건강아." 강희는 현실을 인정하지 않고 재차 불렀다. "건강아." 약 3초 후에 또 "건강아."

이제는 그 앞발에 침을 묻혀 제 얼굴을 쓸어내리기 시작했다.

"내가 불러서 그런가? 네가 한번 불러봐."

나는 싫다고 말했다.

"그러지 말고 한 번만 불러봐."

나는 한 번 더 싫다고 말했다.

"싸가지만 없는 줄 알았는데, 고집도 세네."

그녀는 그렇게 말하며 납작한 엉덩이를 툭툭 털고 일어서더니 불러도 대답 없는 건강이에게 마지막 말을 던졌다.

"너무 오래 살지는 마."

그러고는 건물 벽을 따라 앞뜰이 있는 쪽으로 걸어갔다. 전과 같이 가슴에 손을 얹고서, 여섯 혹은 일곱 걸음에 한 번꼴로 멈추면서.

약 20초 후, 강희의 뒷모습이 모퉁이를 돌아 시야에서 완전히 사라지자, 나는 그녀가 두고 간 우유팩을 집어 들고서 그녀가 간 길을 따라 걸었다. 나는 그녀와는 달리 아직은 숨을 가다듬기 위해 여섯 혹은 일곱 걸음에 한 번꼴로 멈추지 않아도 되었기 때문에 그녀보다 빨리 걸을 수 있었고, 그래서 모퉁이를 돌기까지 걸린 시간은 불과 10여 초에 지나지 않았다. 하지만 모퉁이를 돌면 바로 나오는 앞뜰에 그녀는 없었다. 앞뜰에서 별관 앞마당으로 이어지는 오솔길에도 그녀의 모습은 보이지 않았다.

나는 그녀가 그 느린 걸음으로도 10초 안에 자신의 모습을 완벽히 감출 수 있는 유일한 장소를 쳐다보았다. 그러니까 세 개의 계단과 그 끝에 위치한 건물의 출입문을. 그러자 떠올랐다. 59일 전 네 명의 바깥 예수쟁이들이 봉고차를 타고 이곳을 찾아와 엄마를 잃은 그녀를 물심양면으로 도와주었던 사실이. 그렇다면 강희도 예수쟁이인 걸까? 아니면, 신이 있다고는 믿지 않지만, 대신 자신의 영혼이 육만 원보다 싸다고는 믿는 것일까? 답이 무엇이 되었건 나는 마치 자석에 이끌리는 못처럼 출입문을 향해 다가갔고, 이내 그녀의 목소리도 섞였을 노랫소리가 닫힌 출입문을 통과해 내가 멈춰선 계단 위까지 건너왔다.

거룩하신 어머니 찬미 받으소서
당신은 하늘과 땅을 영원히 다스리시는
임금님을 낳으셨나이다

입당송이 끝나자, 나는 더는 박힌 못처럼 서 있지 않고 세 개의 계단을 도로 내려왔다. 그런데 한 손에 우유팩을 꽉 쥐고 있어서였을까, 나는 내가 이제는 못이 아니라 꼭 역전을 허용하고 마운드에서 쫓겨나는 투수 같다는 생각이 들었다. 그것도 안타나 수비수의 실책이 아닌 볼넷으로. 나는 1루수에게 공을 넘기듯 오솔길 초입에 심겨 있는 동백나무를 향해 있는 힘껏 우유팩을 던졌다. 그리고 그것이 내가 기대한 거리의 반도 채 날아가지 못하고 힘없이 떨어질 때 나는 더이상 내가 쫓겨나는 투수 같다는 생각을 하지 않았다. 왜냐하면 아까 한 번 그랬던 것처럼 이 생각보다 훨씬 힘이 센 생각 하나가 머릿속으로 뒤따라 들어와서는 머릿속 가장자리를 서성거리고 있는 이 생각을 떠밀어 머리 밖으로 쫓아냈기 때문이었다. 그러니까 제대 뒤편 커다란 십자가에 매달려 사는 남자가 오늘만큼은 자기 엄마의 대축일을 맞아 그간 실컷 놀린 두 팔을 이용해 강희의 폐를 다만 그 끄트머리만이라도 조몰락조몰락 빨아주는 건 아닐까 하는 생각 하나가.

160일

건강이를 묻고 내려오는 길, 테라스에서 커피 자판기를 청소하는 할머니와 마주쳤다. 손을 빨리 씻고 싶기도 하고 만사가 다 귀찮기도 해서 못 본 걸로 하고 곧장 건물 안으로 들어가려는데 할머니가 기어코 말을 걸었다.

"밤늦게 어딜 그리 다녀오노?"

나는 있는 사실을 그대로 말했다.

"아들이 죽어서 묻어주고 오는 길이에요."

"뭐라꼬?" 자판기 문 뒤에서 고개만 빼꼼 내밀며 그녀가 나를 보았다. "아들이 죽었다고?"

"네, 그렇게 됐네요."

"건수야," 이제는 그 작고 구부정한 몸을 완전히 드러내며 나를 불렀다. "니 지금 내 갖고 노나?"

"할머니," 나도 그녀를 불렀다. "할머니 눈에는 제가 그렇게 한가해 보이세요?"

몇 마디의 말이 더 오고갔고, 우리는 서로를 향한 오해를 풀었다. 그럼에도 나는 할머니에게 잠깐이나마 나와 함께 할 수 있는 시간을 주기로 하고, 할머니가 뽑아준 설탕커피를 흙 묻은 손으로 받아들고 선 테라스 가장자리에 나란히 놓인 두 개의 플라스틱 의자 중 한 곳에 가 앉았다. 잠시 후 청소를 끝낸 할머니가 자판기 문을 닫고 나머지 의자에 와 앉았다. 그러고는 나를 따라 땅에 닿기가 무섭게 녹아버리는 늦은 첫눈을 가만히 내려다보았다.

"사실은 있다 아이가," 한 20초쯤 흘렀을까, 그녀가 행주를 털며 말했다. "우리 첫째도 내보다 먼저 가삣다."

나는 언제 그랬는지 물었다.

"한 십 년 됐다."

나는 어쩌다 그랬는지 물었다.

"며느리가 잘못 들어와서."

"사람이 그런 이유로도 죽을 수 있나요?"

"있지. 얼마든지 있지." 그녀는 이제 행주를 접기 시작했다. "사람이 사람을 얼마나 잘 만나야 되는데. 세상에 그거만큼 중요한 거는 없다. 니는 꼭 사람 잘 만나라. 알겠제?"

나는 고개를 까딱해 보였다. 그리고 물었다. 어떤 기분이었는지.

"말로는 설명 못한다."

하지만 나는 알고 싶었다. 지금의 내 기분과 얼마나 닮았는지. 그래야 이번 기회를 통해 그리 멀지 않은 훗날의 엄마 기분을 짐작할 수 있을 테니까.

"섬에 갇힌 기분이셨나요?"

"섬? 내가 섬을 얼마나 좋아하는데. 내사 마음 같아서는 이거 다 때려치우고 섬에 가서 물고기만 잡음시로 살고 싶다."

"그럼, 피를 토하는 기분이셨나요?"

"피? 내사 폐병에 안 걸려봤는데 그걸 우찌 알겠노."

나는 커피를 한 모금 마셨다. 따뜻했다. 하지만 왜 그렇게 느껴진 걸까, 평소보다 설탕이 덜 들어간 것 같았다.

"할머니," 의자에서 일어나, 테라스 지붕 밖으로 손을 내밀어 종이컵에 눈송이를 담으며 내가 말했다. "…… 집에 가고 싶어요."

"다 낫고 가면 되지."

나는 의자에 다시 앉아 한 모금을 더 마셨다. 따뜻함은 가시고 쓴 맛은 그대로였다.

"할머니."

"또 왜?"

"책을 한 권 팔면 작가가 얼마 가져가는지 아세요?"

할머니는 몰랐고, 알고 싶어 했다.

"10분의 1이요."

"지가 썼는데도?"

"네, 자기가 다 썼는데도요."

할머니는 놀랐고, 그렇다면 나머지는 누가 다 가져가는지 알고 싶어 했다.

"엄마 말로는 출판사에서 40퍼센트를 가져가고 서점에서 50퍼센트를 가져간대요."

"앉아서 팔기만 하는데도 반이나 갖고 간다고?"

"뭐, 그런가 보더라고요."

"와, 내보다 훨씬 많이 남네. 내도 이럴 줄 알았으면 책이나 팔 걸 그랬네."

그랬다간 진작 망했겠지. 비록 병실 하나보다 작은 크기이긴 해도 이곳에도 엄연히 공짜로 책을 빌려볼 수 있는 '편의시설'이란 것이 존재했고, 더욱이 《무진기행》은 여행책 코너에, 《구토》는 건강책 코너에 꽂혀 있는 그곳에서 사람을 발견하는 건 바닷가에서 기린을 발견하는 것만큼이나 어려운 일이었으니까. 그러니 90퍼센트, 아니 99퍼센트를 가져간다 하더라도 이곳에서만큼은 마음의 음식보단 진짜 음식을 파는 게 백번 남는 장사일 터였다.

"아무튼 제가 계산을 해봤는데요," 남은 커피를 한 번에 들이켜며 내가 말했다. "책 한 권이 만 이천 원이라고 치면 하루에 50권씩 2년을 팔아야 저는 집에 갈 수 있어요."

할머니는 내 말의 의미를 이해하고 싶어 했다. 나는 우리들 눈앞에 떨어지고 있는 늦은 첫눈처럼 차분히 설명했다. 내가 들었던 것에 대해. 그러니까 나 같은 사람에게도 듣는다는 신약, 즉 '자이복스'라는 이름의 약에 대해. 그리고 내가 알고 있는 엄마의 꿈에 대해.

"우짜겠노," 설명이 끝나자, 행주로 내 흙 묻은 손을 닦아주며 할머니가 말했다. "엄마를 믿어봐야지."

190일

어젯밤부터 내리기 시작한 비가 3월의 첫날인 오늘까지 내리고 있었다. 그렇다면 이 비는 겨울비일까, 봄비일까. 수남 씨는 겨울비라고 불러야 한다고 했다. 1918년 11월에 발생해 1919년 8월에 막을 내린 독일 혁명을 8월 혁명이 아닌 11월 혁명이라 부르듯이. 반면 루치아나 수녀는 봄비라고 불러야 한다고 했다. 그렇게 부르는 게 더 기분이 좋으니까.

"그래서 하기 싫다고?"

"네. 하기 싫어요."

"내가 이렇게 부탁하는데도?"

"그럼 저도 부탁드릴게요. 제발 좀 다른 사람한테 부탁하세요."

루치아나 수녀는 시무룩한 얼굴로 봄비를 바라보았다. 나는 그런 그녀의 마음을 달래주기 위해 자판기에 오백 원짜리 동전을 넣고 이백 원짜리 밀크커피를 한 잔 뽑아 그녀의 손에 쥐여 주었다. 그런 다음 남은 삼백 원으로 삼백 원짜리 설탕커피를 뽑아 들고서 그녀의 옆

자리에, 그러니까 테라스 가장자리에 나란히 놓인 두 개의 플라스틱 의자 중 한 곳에 다시 앉았다. 잠시 끊겼던 노랫소리가 다시 들렸다. 루치아나 수녀가 쥐여 준 우산을 쓰고서 즐거운 곳에서 자기를 오라고 해도 자기가 쉴 곳은 오직 자기 집뿐이라는 노래를 서툰 한국말로 부르며 앞마당을 빙글빙글 돌고 있는 베트남 여자를 바라보며, 나는 아침에 엄마와 전화로 나누었던 대화를 떠올렸다.

"괜찮아. 다 잘 될 거야."
"이제는 정말 모르겠다."
"너무 낙담하지 말라니까 그러네."
"그게 말처럼 쉬워야 말이지."
"아니야. 조금만 더 견디면 반드시 좋은 날이 올 거야."
"그러는 넌? 괜찮아?"
"나야 뭐, 똑같지."
"약은?"
"주는 건 다 먹지."
"그거 말고. 새로운 약 소식은 없어?"
"있는 것도 같고, 없는 것도 같고, 아, 잘 모르겠어."
"있는 거면 있는 거고 없는 거면 없는 거지, 잘 모르겠는 건 뭐야."
"몰라. 그냥 그렇다고. 아무튼 힘내. 다음엔 꼭 당선될 거야."
"알았으니까, 너도 힘 좀 내."
"나야 힘내면 뭐해. 균이 죽는 것도 아닌데."
"그럴수록 힘내야지. 조금만 더 견디면 반드시 좋은 약이 나올 거야. 세상에 똑똑한 사람이 얼마나 많은데."

"그냥, 기도라도 할까?"

"쓸데없는 데 힘쓰지 말고 밥이나 많이 먹어."

"먹을 게 있어야 많이 먹지."

"반찬이 그렇게 별로야? 엄마가 좀 사서 부쳐줄까?"

"됐어. 귀찮게 뭐 하러. 그냥 아저씨들처럼 마가린 비벼 먹으면 돼."

"그걸로 돼?"

"돼."

"그나저나 우리 아들, 피아노 연습을 못 해서 어떡하니?"

"그게 뭐 중요한가."

"그래도 아깝잖아. 우리 아들이 얼마나 잘 치는데."

"걱정 마. 가끔 쳐."

"정말? 어디서?"

"어디긴 어디야, 피아노 있는 데지."

"그러니까 거기가 어딘데?"

"성당."

"아, 예전에 너한테 예수님의 몸 잔뜩 챙겨준 수녀가 산다는 거기?"

"맞아."

"사용료 같은 거 달라고 하진 않고?"

"여긴 매점 빼곤 다 공짜야."

"잘됐네."

"응. 잘된 것 같아."

"그래, 정말 잘됐다. 아들, 이제 그만 끊자. 엄마 할 거 있어."

"뭐할 건데?"

"……써야지."

"거봐, 쓸 거면서."

"그럼, 내가 누구 때문에 쓰는데."

"미안."

"미안하면, 힘이나 내세요."

"알았어. 내면 되잖아. 그래서, 이번엔 뭐 써?"

"음…… 엄마 이야기?"

"엄마 엄마? 아님 내 엄마?"

"네 엄마."

"엄마 이야기는 절대로 안 쓸 거라고 안 했어?"

"왜 안 했어. 근데, 이젠 어쩔 수가 없을 것 같아. 엄마가 알고 보니까 잘 모르는 건 잘 쓸 수 없는 사람이더라고."

"안 됐네."

"그러게. 아무튼, 이번엔 잘 아는 걸 쓰니까 핍진성 죽이겠지?"

"죽이겠네. 대신 좀 불쌍하겠다."

"넌, 엄마가 불쌍해?"

"그럼 엄마는 엄마가 안 불쌍해?"

"……왜 안 불쌍해. 근데, 이번에 쓰는 건 반만 불쌍할 거야. 너도 넣을 거니까."

"엄마 바보야? 그럼 두 배로 불쌍해지잖아."

"아니야, 바보야. 아프기 전의 너를 넣을 거야. 내가 편의점 야간 알바 끝내고 돌아와서 글을 쓸 때면, 그런 날 위해 커피도 타주고 다리도 주물러주던 너를."

"쪽팔린데……."

"그래서, 싫어?"

"아니야. 엄마 하고 싶은 대로 해."

더는 떠올릴 엄마와의 대화가 없자, 나는 설탕커피를 입으로 가져가며 소리 내어 말했다.

"근데 왜 하필 저한테 그런 부탁을 하시는 거예요?"

밀크커피를 입에서 떼어내며 루치아나 수녀가 대답했다.

"그거야 너만 한 피아니스트를 못 봤으니까 그렇지."

"전 피아니스트가 아닌데요. 콩쿠르도 나갈 때마다 예선 탈락했는데요."

"상관없어, 그런 건." 그녀가 고개를 돌려 나를 보았다. "단 한 사람이라도 네 연주를 듣고 감동을 받았다면 넌 이미 피아니스트인 거야."

나도 그녀를 보았다.

"당선은 안 됐지만 단 한 사람이라도 그 글을 읽고 감동을 받았다면 이미 작가인 것처럼요?"

"글쎄," 그녀는 다시 앞을 보았다. "그건 잘 모르겠네."

"…… 저 아줌마," 나도 다시 앞을 보았다. "좀 있으면 원래 있던 병원으로 돌아간대요."

"그래?"

"네. 약이 잘 들어서 남은 1년 반은 원래 있던 병원에서 먹기로 했나 봐요."

"잘됐구나, 잘됐어. 근데…… 정말 안 되겠니?"

"네, 싫어요."

베트남 여자는 이제 엄마가 섬 그늘에 굴을 따러 가면 혼자서 집을 보던 아기가 바다가 불러주는 자장가에 스르르 잠이 든다는 노래를 역시나 서툰 한국말로 부르기 시작했고, 우리는 조용히 각자의 종이컵을 각자의 입으로 가져갔다. 잠시 후, 일정한 음정의 빗소리와 불안한 음정의 노랫소리 사이로 문 열리는 소리가 끼어들었다. 이어서 들려오는 낮은 음정의 기침 소리. 즉, 이곳에서 들을 수 있는 가장 흔한 소리였기 때문에 우리는 누구도 뒤돌아보지 않았다. "수녀님, 안녕하세요?"라는 소리가 들릴 때까지.

질문이 향하는 곳은 분명 루치아나 수녀 하나였지만, 질문을 만들어내는 목소리, 물기를 잃은 기관지가 대충 밀어 올리는 그 까끌까끌한 목소리는 나도 모르게 내 고개가 돌아가게 만들었고, 60일 만에 보는 얼굴은 눈에 띄게 홀쭉해져 있었다.

"어, 그래, 강희구나." 루치아나 수녀가 말했다. "이제 좀 괜찮아졌니?"

"네, 덕분에 많이 좋아졌어요." 강희가 말했다. "근데 여기서 뭐 하세요?"

"나?" 루치아나 수녀는 종이컵을 쥔 손을 살짝 들어 올려 보였다. "친구랑 커피타임 중이지."

"친구요?"

"그래, 여기 있는 내 친구." 그녀는 그렇게 말하며 남은 손을 내 어깨에 얹어 보였다. 그러고는 덧붙였다. "근데 둘이 아직 잘 모르는 사인가?"

강희는 나를 1초 동안 보고, 수녀를 1초 동안 보고, 나를 1초 동안 보았다. 그리고 계속 수녀를 보며 말했다.

"네. 잘 몰라요."

갈라진 찐빵 사이로 빠져나오는 김처럼 섭섭한 기운이 모락모락 피어오르는 나의 마음을 알 리 없는 루치아나 수녀는 "잘됐네"라고 말하며 내 어깨에서 손을 내려놓았다. 그러더니 "그럼 이참에 정식으로 인사하면 되겠네"라고 덧붙이며 내려놓은 손을 강희를 향해 뻗었다. "이쪽은 올해 예비자 교리를 받는 사람 중 가장 착실한 김강희. 그리고 이쪽은," 이제는 그 손이 내 어깨 위로 돌아왔다. "김건수. 오늘 나를 가장 슬프게 만든 남자."

강희는 당혹감만이 서려 있는 남자의 얼굴을 볼 수 있었을 것이다. 반면 나는 방금 들은 말에 담긴 속뜻을, 그러니까 어째서 나라는 남자가 루치아나 수녀가 오늘 하루 동안 만난 여러 남자들 중에서 그녀를 가장 슬프게 만든 남자인지 알고 싶은 마음과 그 마음을 티 내지 않으려는 마음이 반반씩 서려 있는 여자의 얼굴을 볼 수 있었고. 그런데 강희의 그러한 얼굴은 채 몇 초도 가지 못했다. 몇 초라도 지체했다가는 그사이 누군가 짜잔 하고 나타나 자기를 대신해 강희의 궁금증을 풀어줘 버릴 거라는 생각이라도 하는 듯 루치아나 수녀가 서둘러 그 속뜻을 알려주었으니까.

"실은 그간 반주봉사를 해주던 스텔라가 이번에 퇴원을 하게 돼서 이 친구한테 부탁했거든. 대신 좀 해주면 안 되겠느냐고. 근데 보기 좋게 퇴짜를 맞았지 뭐야."

약간의 침묵이 흐르고, 피로감만이 서려 있는 원래의 얼굴로 돌아온 강희가 말했다.

"근데 그거 잘 쳐야 되잖아요?"

"그럼, 잘 쳐야 되지. 그러니까 내가 이렇게 찾아와서 부탁했겠지?"

"들어보셨나 봐요?"

"그럼, 들어봤지." 루치아나 수녀는 내 어깨를 쓰다듬었다. "한밤의 연주회라고, 알랑가 모르겠네."

연주회는 무슨…… 나는 그저 종이건반을 두드리는 게 이제는 너무 지겨워진 나머지 며칠 전 소등 시간을 얼마 남겨두지 않고서 그만 진짜 피아노를 찾아가고 말았고, 우선은 강아지의 목줄을 풀어주듯이 손가락이 마음껏 뛰어놀 수 있도록 쇼팽의 연습곡 중 하나인 〈꿀벌〉을 연주했을 뿐이었다. 그런데 하필 성수반에 물을 채우기 위해 쪽문을 통해 예배당 안으로 들어오던 그녀가 그 모습을 보고 말았던 것이다. 그러니까 나를 처음 보았을 때처럼. 즉, 지난가을 작고 동그랗고 납작한 빵을 훔치는 내 모습을 몰래 지켜봤을 때처럼. 아무튼 그녀는 박수를 치며 '브라보'를 외쳤다. 박수를 멈춘 뒤에는 큰소리로 이렇게 말했다. "본관의 스텔라도 너만큼은 못 칠 거야." 내 입으로 이런 말을 한다는 게 좀 그렇긴 하지만, 사실 그날 나는 내 실력의 반의반도 보여주지 않았다. 정말이다.

"아, 네……." 그렇게 말하며 강희는 한 손에 들린 3단 수동 우산의 우산대를 한 단 한 단 뽑았다. 그러고는 덧붙였다. "저도 한번 들어보고 싶네요."

"그래?" 내 어깨에서 손을 내려놓으며 루치아나 수녀가 말했다. "그럼 네가 한번 부탁해봐. 반주봉사 좀 해달라고."

"제가요? 수녀님이 부탁해도 안 들어주는 걸 제가 한다고 들어주겠어요."

그러면서 강희는 처음으로 나를 3초 이상 쳐다보았고, 나는 나도 모르게 눈을 딴 데로 돌려버렸다.

"하긴, 그건 그렇겠다. 근데 비가 이렇게 오는데 산책을 하려고? 그러다 다시 나빠지면 어쩌려고?"

"괜찮아요. 이젠 다 나았어요."

"그래도 조심하는 게 좋을 것 같은데. 한동안 방에만 갇혀 있어서 바람을 쐬고 싶은 건 이해하지만, 그래도 혈담이라는 게 그렇게 잠잠하다가도 언제 그랬냐는 듯이 다시 터지는 거잖아."

강희는 대답하지 않았다. 꼭 신체검사 때 몸무게를 들켰던 우리 반여자애와 비슷한 표정으로 급히 우산을 펴고는 계단을 내려갈 따름이었다.

한 10초 후, 루치아나 수녀가 큰소리로 그녀의 이름을 불렀다. 성당으로 이어지는 오솔길 쪽으로 걸어가던 강희는 이제는 다시 즐거운 곳에서 자기를 오라고 해도 자기가 쉴 곳은 오직 자기 집뿐이라는 노래를 부르는 베트남 여자 근처에 멈춰 서서 우리 쪽으로 돌아보았다.

"강희가 보기엔," 루치아나 수녀가 말했다. "이 비가 봄비 같아, 겨울비 같아?"

약 3초 후, 우리에게 겨우 닿을 만큼의 목소리로 그녀가 말했다.

"겨울비요."

"오늘부터 봄인데도?"

"그럼 뭐해요. 아직 추운데."

오솔길로 접어든 강희의 뒷모습이 이윽고 시야에서 완전히 사라지자, 나는 물었다.

"수녀님도 추우세요?"

"나? 아니, 별로."

"근데 왜 그렇게 말씀하셨어요?"

"뭐? '그래, 그건 네 말이 맞다'라고 한 거?"

"네."

"그거야 그 애가 말한 건 공기의 온도가 아니라 마음의 온도일 테니까."

틀렸다. 폐의 온도를 말하는 것이었다. 들어 있는 위치만 같을 뿐, 둘은 엄연히 달랐다. 마음은 병들면 가슴만 얼어붙지만 폐는 병들면 온 세상이 얼어붙는다. 스스로를 올바른 예수쟁이라 여기는 순진해빠진 사람들을 빼면 다들 멀어지려고만 할 뿐 누구도 가까이서 따뜻한 숨을 주고받으려 하지 않으니까. 1차 약만으로도 균이 잡힌, 그래서 더는 숨방울에 균이 들러붙어 있지 않은 루치아나 수녀는 죽었다 깨어나도 이해하지 못할 터였다. 그리고 그건 그녀의 잘못이 아니었다. 물론 우리의 잘못도 아니었다. 백 퍼센트 그 남자의 잘못이었다. 2년 동안 하루에 한 번씩 먹어야 한다는 '자이복스'라는 이름의 그 신약이 한 알에 육만 원씩이나 하는 것을 두 손 놓고, 아니 두 팔 벌려 구경만 하고 있는.

저 멀리, 오솔길의 끝자락에 솟아 있는 'ㅅ'자 지붕, 그 가장 높은 곳에 꽂혀 있는 십자가를 쳐다보며 나는 의자에서 일어났다.

"수녀님."

"응."

"쳐드릴게요."

"응?"

"그렇게 원하신다면, 피아노 쳐드리겠다고요."

224일

"내가 생각을 좀 해봤는데 말이야," 미사가 끝나고 예배당을 나오는데 채시몬 신부가 복도까지 쫓아와 내 어깨에 손을 올리며 말했다. "다른 건 그냥 그대로 가더라도 봉헌성가랑 성체성가는 원래 빠르기보다 한두 단계 느리게 연주해주면 좋을 것 같아. 아무래도 그 두 성가를 부를 땐 다들 일어나 걸어야 하니까 말이야. 특히 이번에 오신 마틸다 자매님 같은 경우는 아까 성체를 나눠줄 때 보니까 숨을 너무 가쁘게 쉬시더라고. 먼젓번 스텔라는 알아서 잘해줬는데……. 그 문제에 대해선 수녀님이 아직 아무런 언급이 없었나 보구나?"

나는 무슨 말인지 잘 알겠으니까 일단 생각을 좀 해보겠다고 말했다. 병원에서 시키는 대로 하는 것이 환자의 첫 번째 덕목이라면 악보에 적혀 있는 대로 연주하는 것이야말로 피아니스트가 지녀야 할 첫번째 자세일 테니까. 하지만 자정이 가까워질 때까지 그 문제에 대해서라면 조금도 생각하지 못했다. 다른 문제에 대해서 생각하기에도 충분히 바빴기 때문이었다. 그러니까 오늘로 반주봉사를 맡은 지 한 달이 되었는데, 오늘까지 강희가 미사에 한 번도 나타나지 않은 이유에 대해서.

미사를 빼먹지 않고 참석해야만 육만 원을 준다는 사실을 알면서도 도저히 나오지 못할 만큼 아파서 저번처럼 방에만 갇혀 있는 것일까? 아니면 육만 원에 영혼을 팔려고 했던 자신의 잘못을 뉘우치고 신을 믿지 않던 본래의 자리로 돌아간 것일까? 그것도 아니면, 501호 서추강 씨처럼, 504호 박홍구 씨처럼, 죽은 것일까?

250일

강희는 살아 있었다. 저녁 8시쯤 매점에서 BBQ를 먹고 있었다. 매점에는 테이블이 두 개뿐이었고, 할머니는 매점에서 아무것도 사지 않은 사람이 테이블을 차지할 때면 아주 높은 확률로 '내는 뭐 땅 파서 장사하는 줄 아나'라는 혼잣소리를 모두가 들을 수 있도록 했기 때문에 강희의 테이블에는 비닐을 뜯지 않은 사발면이 두 개 놓여 있었다. 그리고 그 직사각형 테이블에는 강희 말고도 세 사람이 더 앉아 있었다. 그녀의 옆에 앉아 있는 한 사람은 강희와 같이 3층에 사는 여자였고 그녀의 맞은편에 앉아 있는 두 사람은 나와 같이 5층에 사는 남자였는데, 세 사람 모두 나와 강희의 나이를 합한 것보다 나이가 많았다.

50살이 넘은 여자와는 잘 모르는 사이였지만 50살이 넘은 남자들과는 좀 아는 사이였다. 우선 창가 쪽에 앉은 김인태 씨와는 이곳에 온 지 한 달쯤 됐을 때 함께 돈 거래를 한 번 한 적이 있었다. 결론부터 말하자면 바람직하지 못한 거래였다. 자기 순서가 돌아왔을 때만 땡큐를 받을 수 있는 일반 홀라를 칠 때만 해도 나는 만 원 가까이 딴 상태였는데 김인태 씨가 자신의 순서가 아니더라도 땡큐를 받을 수 있는 전투 홀라로 가자고 나를 포함한 네 사람에게 제안했고, 찬성 3표 반대 1표로 제안이 받아들여지자 나는 얼마 못 가 딴 돈에 더해 새엄마한테서 받은 삼만 원까지 탈탈 털렸던 것이다. 나머지 한 사람 홍창기 씨와도 돈 거래를 한 적이 있었다. 김인태 씨와는 달리 여러 번 있었고, 그리고 모두 바람직한 거래였다. 이곳의 간호사들은 아저씨들이 밤에 치킨이나 족발 같은 배달 음식을 시켜 먹을 때면 마치 공항 보안 검색 요원이 입국자의 가방을 열어보듯 배달원으로부터 음식을 받아들고 방으로 향하는 그들을 불러 세워 봉지 안을 살펴보곤 했다. 배달원에게 웃돈을 얹어주면서까지 특별히 부탁한 부정식품을 찾기 위해서였는데, 그게 술이 됐든 담배가 됐든 일단 뒤져서 뭐라도 하나 나오는 날엔 그날로 짐을 싸야 했다. 그런데 그런 그녀들이 교황처럼 믿고 프리패스 시켜주는 사람이 딱 한 명 있었다. 바로 이제 겨우 열여섯인 나였다. 홍창기 씨는 그런 나의 신뢰도를 활용해 술과 담배를 몰래 들여왔고, 그럴 때면 정가는 천 원인데 그는 이천 원까지 주었던 것이다.

아무튼 강희는 뜨거운 물을 부은 컵라면을 들고서 옆 테이블로 걸어가는 나와 눈이 마주쳤지만 우리가 마지막으로 보았던 60일 전에 그랬듯 인사가 될 만한 말은 한 글자도 꺼내지 않았다. 그래서 나도 강희에게 눈길 한 번 주지 않으며 옆 테이블에 앉았다. 그런데 그 테이블에는 수남 씨가 먼저 와 앉아 있었고, 그들 넷을 등지고 있었기 때문에 나는 수남 씨의 맞은편에 앉음으로써 결과적으로 수남 씨의 등 쪽을 향해 얼굴을 보이고 앉은 그녀를 수남 씨의 어깨 너머로 계속 바라볼 수밖에 없었다.

"뭐야, 오늘도 새우탕이야?"

수남 씨가 말했고, 나는 어깨를 으쓱해 보였다.

"하여간 뭐 하나에 꽂히면 주야장천 그것만 먹는다니까. 근데 그거 별로 좋은 습관 아냐. 특히 우리 같이 영양소를 고루고루 섭취해야 하는 사람들에겐. 게다가 넌 아직 학생인데 그런 습관이 공부로까지 이어졌다간 형처럼 서울에 있는 대학은 죽어도 못 갈걸."

수남 씨가 다시 말했고, 나는 서울은 고사하고 독도에 있는 대학이라도 좋으니 수능 칠 때까지 살아만 있어도 좋겠다는 표정을 지어 보이며 나무젓가락으로 컵라면 뚜껑을 고정시켰다. 그때 저쪽 테이블에서 "혹시 그 소문 들었습니까?" 소리가 들렸다.

수남 씨와 등을 맞대고 앉은 홍창기 씨가 한 말이었는데, 그는 닭다리를 집어 들며 이렇게 덧붙였다.

"조만간 실험 들어간다는."

"실험이요?" 그와 마주 보고 앉은 50살 넘은 여자가 나무젓가락을 무로 가져가며 되물었다. "무슨 실험이요?"

"여기서 하는 실험이면 무슨 실험이겠어요," 홍창기 씨가 대답했다. "임상실험이지."

"임상실험이면 약 같은 거 새로 나오면 사람한테 먹여서 멀쩡한지 알아보는 거, 그거 맞죠?"

"잘 아시네."

"근데요? 그게 왜요?"

"왜긴 왜에요. 그 약이 자이복스니까 그렇지."

"엄마야! 진짜요? 진짜로 한대요?" 차분함을 유지하던 그녀의 목소리가 급격히 높아지고 빨라졌다. "몇 명이나 한대요? 아니, 아니, 언제 한대요?"

"그것까진 잘 모르겠고, 조만간 한다는 소리가 있긴 있더라고요. 아무튼 거기 뽑히기만 하면 공짜로 먹을 수 있—"

"소오설 쓰고 있네."

순간 한 헐렁한 목소리가 끼어들었는데, 닭 다리를 집어 들던 김인태 씨의 목소리였다. 목소리의 탄력을 되돌리며 그가 다시 말했다.

"대체 누가 그딴 소릴 하대?"

"누가 그러는 게 아니라, 임상실험이라는 게 원래 그런 거예요." 홍창기 씨가 얼른 대답했다. "돈 같은 거 안 주고 먹는 겁니다. 잘 알지도 못하면서."

"내가 왜 잘 몰라. 그러니까 내 말은, 실험한다는 약이 자이복스라는 소리를 누가 했냐고."

"있어요, 그런 사람이."

"그러니까 있는 사람이 누구냐고. 사람이면 이름이 있을 거 아이가."

"형님도 참. 내가 언제 없는 소리 하는 거 봤습니까?"

"못 봤지. 근데 있는 소리 하는 것도 못 봤다. 그러니까 글마 이름이 뭐냐고."

홍창기 씨가 이번에는 얼른 대답하지 못한 채 머뭇거리자 김인태 씨가 기다려주지 않고 말을 이었다.

"어떤 놈이 퍼트린 소문인지는 몰라도 다 개소리인기라. 반찬이라고는 맨날 풀 쪼가리만 내놓는 것들이 뭔 돈이 있다고 한 알에 육만 원씩이나 하는 약을 공짜로 준단 말이고. 더 들을 것도 없다. 여기 돌아다니는 소문은 십중팔구 개소리인기라. 다 안다 아이가, 멸치를 풀면 고래가 돼서 돌아오는 게 이 동네 소문인 거."

딱히 틀린 말은 아니었다. 멀리 갈 필요도 없이 내 경우만 보더라도 그랬다. 언젠가 지금은 죽고 없는 505호 박상경 씨가 산책을 마치고 방으로 돌아가는 나를 붙들고 자기 방 손 씨가 앞마당에 있느냐고 물은 적이 있는데, 그때 나는 앞마당에서는 못 봤고 3층의 장 씨 아줌마랑 같이 까만색 비닐봉지를 하나씩 들고서 도토리를 주우러 울타리 쪽으로 가는 건 봤다고만 말했고, 며칠 후부터 이런 소리가 이곳 층층을 넘나들며 돌아다니기 시작했으니까. 5병동의 유부남 하나와 3병동의 유부녀 하나가 울타리 개구멍을 통해 뒷산으로 들어가 그 일을 하고는 그 숨찬 활동을 벌이는 과정에서 나왔을 가래를 뱉은 휴지와 그 일이 끝나는 과정에서 나왔을 액체를 닦은 휴지를 미리 챙겨간 까만색 비닐봉지에 담아 돌아오는 걸 5병동의 어린놈이 똑똑히 봤더라는.

홍창기 씨는 계속 말이 없었다. 애꿎은 치킨만 뒤적뒤적할 뿐이었다. 대신 그때껏 우육탕 큰사발면이 익기만을 기다리던 수남 씨가 그들 쪽으로 고개를 돌리며 이렇게 말했다.

"딱히 개소리는 아니라고 봐요. 사실 그 비슷한 소문이 올 초에 잠깐 돌긴 했으니까요. 이곳 병원장이 정부에 임상시험을 신청했는데 국회에서 아직 승인이 안 떨어졌다더라, 아니다, 승인은 진작 떨어졌는데 제약사와 약값 가지고 흥정을 벌이는 중이라더라, 아니다, 약은 뉴욕에 있는 화이자 본사에서 지원하는 걸로 이미 약속이 끝났는데 약이 한국까지 오려면 절차가 여간 복잡한 게 아니라더라, 뭐 그런 소문들이 말이에요."

나는 컵라면의 은박 뚜껑을 떼어내며 강희를 보았다. 내가 자리에 앉은 이후로 내내 창밖의 어둠으로 가 있던 그녀의 눈길이 마침내 우리 테이블 쪽으로 옮겨왔기 때문이었다. 다만 밤의 입자들이 빨려 들어간 듯한 강희의 까만 눈동자가 한 번에 얼마나 많은 것을 담을 수 있을지는 잘 모르겠지만 적어도 그 순간만큼은 수남 씨 하나만을 담기에도 벅차 보였다.

"아무튼 연구대상자에 선정되기만 하면 공짜로 먹을 수는 있을 거예요. 본래 임상시험이라는 게 돈을 받으면서 참가하는 거니까 돈을 못 받으면 못 받았지 주는 일은 없을 거예요."

할 말을 끝낸 수남 씨는 고개를 제 위치로 가져온 뒤에 내 뒤편에 걸린 벽시계를 몇 초 동안 쳐다보았다. 그러고는 미심쩍다는 표정으로 손가락을 하나씩, 하나씩 해서 총 세 개를 접더니 이내 자기 컵라면의 은박 뚜껑을 살짝 열었다가 도로 닫았다. 무언가 확신이 서지 않을 땐 불확실한 감을 믿기보다는 직접 보고 판단하는 수남 씨의 태도가 본받을 만한 가치가 있다는 사실과는 별개로 나는 갑자기 궁금한 것이 생겼다.

"먹고 나은 사람이 있는데 실험을 할 게 뭐가 있나요?"

그런데 이 질문은 내가 던진 것이 아니었다. 마치 내 머릿속을 들여다보고 던진 듯한 질문을 만들어낸 목소리는, 그러니까 물기를 잃은 기관지가 대충 밀어 올린 그 까끌까끌한 목소리는 바로 내내 침묵을 지키고 있던 강희의 것이었다.

"안 하면요?" 수남 씨가 고개를 다시 그들 쪽으로 돌리며 되물었다. "지금처럼 계속 그림의 떡으로만 여기며 살아가게요? 아니, 죽어가게요?"

"아니, 그러니까 제 말은…… 이미 먹고 균이 잡힌 사람이 있는데……."

"굳이 왜 임상시험이란 걸 하냐?"

강희는 말은 하지 않고 고개만 끄덕였다.

"왜냐면, 세상은 그렇게 호락호락하지 않으니까요. 쉽게 말해, 세상은 객관적이면서도 유의미한 통계적 데이터를 얻어내지 못하는 이상 그 약이 우리 같은 사람들에게 효력이 있다는 사실을 인정해주지 않을 거라는 거죠. 인정해주지 않는 이상 그 약은 우리들 약이 아닌 거고, 우리들 약이 아닌 이상 건강보험 적용도 안 되는 거고요. 아, 그리고 임상실험이 아니라 임상시험이에요. 예전엔 혼용해서 썼지만 지금은 시험으로 통일해서 사용하죠."

강희는 여전히 말이 없었고, 대신 그녀의 옆에 앉은 50살 넘은 여자가 혼잣소리처럼 말했다.

"어쩐지……. 지금은 보험이 안 돼서 그렇게 비싼 거구나……."

"사실, 되긴 돼요." 수남 씨가 얼른 대꾸했다. "우리한테는 안 돼서 그렇지."

"그건 왜 그런 거죠?"

강희가 다시 입을 열었다.

134

"좀 전에 다 얘기했잖아요. 우리들 약이 아니니까 그렇다고."

"그치만…… 듣잖아요."

"답답하네……. 세상이 그렇게 호락호락하지 않다니까 그러네……. 저기요, 잘 들어요. 결핵에 든다고 해서 그게 꼭 결핵약인 건 아니에요. 전립선비대증 치료제인 아보다트가 탈모에 효과가 있다고 해서 식약청에서 그걸 모발용제로 분류하지는 않듯이 말이에요. 자, 이제 이해하겠어요?"

강희를 비롯한 그들 넷 모두가 아무런 말이 없자, 수남 씨는 컵라면의 은박 뚜껑을 떼어낸 후에 나무젓가락을 면 사이에 향처럼 끼웠다. 그런 다음 마치 출발선에 선 달리기 선수인 양 숨을 길게 들이마시더니 다시금 그들 쪽으로 고개를 돌렸고, 이내 "그러니까 쉽게 말해서"를 스타트로 다음과 같은 말들을 쏟아내기 시작했다.

"자이복스라는 그 약은 결핵균을 죽이기 위해서 나온 약이 아니라, 현재 세계적으로 문제가 되고 있는 원내감염의 대표적인 원인균이라고 할 수 있는 그람양성균을 죽이기 위해 개발된 항생제라는 거예요. 즉 슈퍼박테리아 항생제라는 말이죠. 한국에서는 주로 항생제에 내성을 보이는 폐렴 환자들을 대상으로 사용되고 있고요. 아무튼 그 약은 식약청으로부터 임상실험, 아니 임상시험 없이 수입을 허가받은 최초의 전신치료제인데, 어디까지나 폐렴 환자들을 치료할 목적으로 수입되었기 때문에 폐렴에 걸린 사람에 한해서는 건강보험이 적용되지만, 우리 같은 결핵에 걸린 사람들에겐 적용이 안 된다는 거죠. 좀 더 이해하기 쉽게 하나만 예를 들자면, 다들 먹는 약 중에 아벨록스라는 약이 있을 거예요. 분홍색에 길쭉하고, 먹으면 뱃속이 뜨겁고 자꾸 토할 것 같으면서 머리도 빠개질 것 같은 약 말이에요. 그 약도 처음 나왔을 땐 모두 돈을 주고 사 먹었어요. 한 달 치가 십칠만 원이었던가 십팔만 원이었던가 그랬을 거예요. 근데 지금은 어때요? 공짜로 먹죠? 그 약 역시 임상시험을 통해 결핵에 효과가 있다는 객관적이면서도 유의미한 데이터를 얻어냈기 때문에 정부에서 결핵을 치료하기 위해 쓸 때에도 건강보험 적용을 받을 수 있도록 해준 거예요. 건강보험 적용을 받게 되니까 국가에서 모든 비용을 부담하는 이곳에선 당연히 공짜로 먹을 수 있는 거고요."

말은 마침내 끝이 났지만 돌아오는 대꾸는 없었다. 그러자 수남 씨는 이번에는 젓가락으로 면을 돌돌 말고 있는 나를 향해 자신의 말이 무슨 말인지 이해하겠느냐고 물었다.

나는 고개를 슬쩍 들어 강희를 쳐다보았다. 까맣기 그지없던 그녀의 눈동자에 약간의 빛이 감도는 것 같았다.

"그러니까" 젓가락을 내려놓으며 내가 말했다. "그날이 올 때까지 살아 있지 않으면 안 된다는 거잖아요?"

"그렇지." 수남 씨는 그제야 미소를 띠었다. "무슨 일이 있어도 그때까지 살아남아야지."

1년 8일

아침 일찍 채시몬 신부가 방으로 찾아왔다. 말로는 어디 많이 아픈 건 아닌지 걱정돼서 왔다지만 내가 바보도 아니고, 딱 봐도 루치아나 수녀가 나를 설득하는 데 실패하자 이번엔 자신이 직접 나선 모양새였다. 그러니까 3주째 반주봉사를 나가지 않고 있는 나를 설득해서 곧 있을 주일미사에 데려가기 위해서.

"이젠 창가 침대를 쓰는구나?"

내 침대 발판을 어루만지며 채시몬 신부가 말했다.

"네. 이 침대를 쓰던 형이 얼마 전에 죽었거든요."

침대 위에 양반다리를 한 채로 나는 대답했다.

"그랬구나……. 그리고 보니 친구들도 자리를 옮겼네?"

그는 그렇게 말하며 창가로 걸어갔다. 그러더니 예전에는 사물함 위에 아무렇게나 포개어 둘 수밖에 없었지만 이제는 창문턱 한쪽 구석에 가지런히 세워둘 수 있게 된 김유정 씨와 프란츠 카프카 씨와 안톤 체호프 씨의 책을 돌아가며 들었다 놨다.

"이 중에서 누가 제일 잘 써?"

"뭐, 비슷비슷해요."

"그래도 네가 봤을 때 제일 잘 쓰는 것 같은 사람이 있을 거 아냐."

"죄송한데요, 전 친구 차별 안 해요."

그는 책에서 손을 떼더니 창문을 등진 채 창문턱에 기대어 서서 나를 바라보았다. 그러고는 팔짱을 끼며 씨익 웃어 보였다.

"근데 왜 난 차별해?"

나는 무슨 말인지 물었다.

"무슨 말이긴. 수녀님이랑 나를 차별한다는 말이지."

나는 내가 언제 그랬는지 물었다.

"언제긴, 지금이지." 그는 그렇게 말하며 텔레비전 위쪽에 걸린 벽시계를 힐끗 쳐다보았다. 그러고는 그 특유의 친근한 말투로 덧붙였다. "수녀님한테는 반주봉사 안 하겠다는 이유를 말해줬으면서 나한테는 안 해주고 있잖아."

"…… 물어보지도 않으셨잖아요."

"물어보면?" 그는 팔짱을 풀고 창문턱에서 몸을 떼어냈다. "말해줄 거야?"

나는 오른손 엄지손가락으로 왼발 엄지발가락 아랫부분을 문지르며 "아니요"라고 말했다.

"거봐, 차별하잖아."

"차별하는 게 아니라, 신부님한테는 말해봤자 소용없으니까 그렇죠."

"소용없다고?" 그는 내 침대 위에 걸터앉았다. "알아듣기 쉽게 말해줄래?"

나는 흔쾌히 그렇게 해주었다.

"어차피 말해줘도 신부님은 이해하지 못할 게 뻔하다고요."

그는 왼쪽 다리를 오른쪽 다리 위로 꼬았다. 그러고는 팔짱을 도로 끼며 물었다.

"말해보지도 않고 내가 이해할지 못할지 네가 어떻게 알아?"

"서울에 한라산이 없다는 걸 서울에 꼭 가봐야 아나요."

"내가 서울이라는 거니?"

"제주도는 아니죠."

"서울에도 산은 많아."

"하지만 한라산은 아니죠."

"그래도 한국 사람들이 가장 많이 찾는 산은 단연코 서울에 있는 북한산이지. 한라산은 10위 안에도 못 들걸."

나는 슬슬 이 상황이 지겨워지기 시작했다. 더는 말꼬리를 잡고 싶지도 않았고 잡히고 싶지도 않았다. 그래서 그냥 싹둑 잘라버리기로 마음먹고, 사물함에서 A4 용지를 꺼내어 그에게 내밀었다. 한 장이었고, 글자보다 여백이 많았기 때문에 그는 금방 읽고 돌려주었다. 그리고 이번만큼은 그 특유의 친근함보다는 조심스러움이 잔뜩 묻어나는 말투로 내게 물었다.

"그래서 어머니는……."

"집주인이 발견해서 지금은 살아 계세요."

"집주인이? 집주인이 어떻게?"

"그거야…… 뭐, 집세가 많이 밀렸나 보죠."

"…… 역시 죽으란 법은 없구나……. 다행이야, 정말 다행이야."

그는 그렇게 중얼거리며 발을 조몰락거리는 내 손을 두 손으로 꼭 감싸 쥐었다. 그러면 자기 손에 들린 A4 용지가 구겨질 수도 있다는 생각을 안 하는 건지 못하는 건지. 어쨌든 그가 덧붙였다.

"그러니까 어머니께 이런 일이 닥치니까 의욕을 잃은 거구나……. 하지만 건수야, 이건 어디까지나……."

나는 천천히 그의 손아귀에서 내 손을 빼냈다. 그런 다음 그의 손에 들린 A4 용지를 재빨리 뺏어 들고는, 내 마음을 훤히 들여다보는 듯한 얼굴을 하고 있는 그의 눈을 똑바로 쳐다보며 말했다.

"거봐요, 이해 못하시잖아요."

그러고는 이불을 덮었다. 머리카락 한 올 보이지 않게.

"…… 건수야? …… 김건수? …… 김건수? …… 그래, 쉬어라."

이윽고 채시몬 신부가 내 다리를 톡톡 두드리고는 방을 떠나자, 나는 이불에서 나와 침대 머리판에 등을 기대고 앉았다. 곧 그 시간이어서였다. 이내 시곗바늘이 그 시간을 가리켰고, 그러자 약 30초 후 저 멀리서 기다리던 보잉 737기가 모습을 드러냈다. 그것은 오늘도 구름 한 점 없는 여름 하늘을 가로지르며 엄마가 있는 서울로 날아갔다. 아, 아니구나. 오늘은 9월 1일, 그렇다면 가을 하늘이겠구나.

뭐 어쨌든 창가 침대의 최고 장점을 만끽한 나는 손에 들린 A4 용지를 사물함 안에 도로 넣었다. 그러기 전에 나는 채시몬 신부가 구겨 놓은 부분을 손바닥으로 문질러 폈는데, 그러다 보니 나는 자연스레 그 안에 프린트되어 있는 글을 또다시 읽게 되었다.

아들,

엄마야.

놀랐지? 편지는 처음이잖아.

실은 엄마가 전화로는 하기 싫은 말이 있어서 이렇게 편지를 썼어. 손으로 직접 썼으면 더 좋았을 텐데, 알잖니, 엄마 글씨가 아빠 글씨 못지않은 거. 또 엄마에겐 너처럼 반듯한 노트북이랑 프린터도 있고.

아들,

엄마는 안 될 것 같아.

너도 알겠지만, 정말 열심히 했는데, 안 되는 건 안 되는 건가 봐. 그래도 참 다행이지. 마침내 그 이유를 알아냈으니까.

엄마는, 안 되는 사람이었어.

아들,

기억나?

엄마가 너에게 알고 보니까 엄마는 잘 모르는 건 잘 쓸 수 없는 사람이라고 했던 거. 왜, 그래서 네가 나에게 그랬잖아. 안됐다고.

아들,

엄마가 본의 아니게 거짓말을 했네.

아니지, 엄밀히 따지면 반만 맞고 반은 틀린 말을 했네.

실은 엄마는 잘 모르는 건 잘 쓸 수 없는 사람이 아니었어.

그런 반쪽짜리 '안 되는 사람'이 아니라,

잘 아는 것도 잘 쓸 수 없는 온전한 '안 되는 사람'이었어.

또 안 됐지, 엄마?

근데 어쩌겠어, 신이 엄마 글은 안 된다는 걸.

그리고 아들,

엄마가 너에게 말을 안 한 게 하나가 있는데,

그때 혼자 가게 해서 미안해.

아들,

대신 이번엔 엄마가 혼자서 갈게.

힘내고,

피아노는 취미로만 했으면 좋겠어.

밤 10시를 약간 넘긴 시간, 고해실의 불투명한 유리창에서 흘러나오는 은은한 노란 불빛과 십자가의 테두리에서 퍼져 나오는 보다 은은한 노란 불빛에 의지해 나는 긴 의자들을 훑어보았다. 한 사람도 보이지 않았다. 그럼에도 나는 돌다리를 두드리는 마음으로 허공에 대고 물었다.

"사람 있나요?"

답이 없었고, 그제야 나는 앞을 향해 뚜벅뚜벅 걸어갔다. 약 15초 후 제단으로 올라가는 계단 바로 아래에 멈춰선 나는 왼쪽 구석에 놓인 피아노를 약 3초 동안 바라보았다. 그런 다음 이번에는 정면에 걸려 있는 십자가를 쳐다보며 말했다. 아니, 정확히는 거기에 매달려 있는 남자를 노려보며 말했다.

"씨발 좆나 치사하시네요. 당신 몸을 훔친 건 전데 왜 죄 없는 우리 엄마한테 그러시는 거죠? 씨발 우리 엄마가 얼마나 잘 쓰는데! 좋아요. 뭐 다 좋다 그래요, 그래도 인간적으로 이건 아니죠. 치사하게 그러지 말고 저를 상대하세요. 우리 엄마 꿈 말고, 정정당당하게 제 폐를 괴롭히세요. 어차피 가슴 안에 들어 있는 건 매한가지잖아요. 그니까 벌주고 있는 제 폐나 계속 벌주시라고요, 네? 안 그러면, 저도 가만 안 있겠어요. 지금 당장은 반주 파업만 하고 있지만 계속 이런 식으로 나오신다면, 그때는, 그때는 저도 제가 어떻게 나올지 몰라요. 이건 정말이에요."

그리고 돌아서려는데, 자박자박 소리가 들렸다. 문밖 대리석 복도를 밟는 소리였는데, 발소리는 점점 가까워졌다. 이 시간에 환자일 리는 없었고, 채시몬 신부는 미사가 끝나자마자 본당으로 돌아갔을 테니 그렇다면 남은 사람은 하나, 루치아나 수녀가 틀림없었다. 예배당에 있는 모습을 들키고 싶지 않은 상대가 딱 한 사람 있다면 그건 바로 루치아나 수녀였다. 왜냐하면 딱 한 사람 그녀에게만큼은 엄마의 마음이 다 나을 때까지 예수님은 쳐다도 보지 않을 거라고 큰소리를 빵빵 쳐놓은 상태였으니까. 얼마나 비웃을지, 상상만 해도 아찔했다.

이내 문이 열리는 소리가 들렸고, 나는 후다닥 몸을 숨겼다. 다만 최대한 빨리 숨으려다 보니 어쩔 수 없이 가장 가까운 곳에 숨어야 했다. 그래도 다행인 점은 이른바 '업라이트피아노'라 불리는 평범한 그것은 값비싼 그랜드피아노와는 달리 뒷면이 완전히 막혀 있었고, 때마침 자신이 연주하는 모습을 보이고 싶지 않다는 반주자의 특별한 요청에 따라 지금껏 내내 벽에 붙이고 있던 그 뒷면이 이제는 반대편, 즉 제단 아래 오른쪽 구석에 놓인 마리아상을 마주 보고 있었기 때문에 벽에 바짝 붙여놓은 등받이 없는 의자와 그것의 앞면, 보다 정확히는 건반 아래쪽 공간 사이에는 171 센티미터에 45킬로그램쯤 되는 남자 하나가 고양이처럼 웅크리기엔 충분한 여유가 있었다.

아무튼 발소리는 점점 가까워졌다. 아무래도 묘가에 놓이 성수반에 물을 채우러 온 것이 아니라 제단 쪽에 볼 일이 있는 모양이었다. 나는 몸을 최대한 웅크린 것에 더해 숨소리를 최대한 낮췄다. 하지만 관자놀이에서 들려오는 심장소리는 아무리 노력해도 낮춰지지 않았다. 이윽고 더는 발소리가 들리지 않았고, 나는 동태를 살피기 위해 피아노 밖으로 아주아주 조금만 고개를 뺐다. 그러자 내가 조금 전까지 서 있던 곳에서 아무런 움직임도 보이지 않고 있는 한 쌍의 발목이 시야에 들어왔다. 그런데 루치아나 수녀의 것이 아니었다. 톡 치면 툭 하고 부러질 듯한 두께만으로 그것이 그녀의 발목이 아님을 알아볼 수 있었던 것은 아니었다. 복숭아뼈를 살짝 덮는 길이의 바지가 내가 입고 있는 바지와 하나 다를 것 없는 바지, 즉 푸른색 줄무늬 바지였기 때문이었다.

그랬다. 환자였다. 그리고 환자의 발목이 움직이기 시작했다. 바닥과 직각을 이루고 있던 환자의 발목이 60도, 45도, 차츰차츰 그 각도를 줄이더니 마침내 수평을 이루었고, 동시에 환자의 두 무릎이 바닥에 닿았다. 나는 시선을 조금만 위로 옮겼고, 무릎을 꿇은 환자는 하나, 둘, 셋, 넷, 바지와 세트로 맞춰 입은 푸른색 줄무늬 윗옷의 단추를 풀기 시작했다. 마침내 다섯, 모든 단추가 풀리자, 환자는 마치 커튼을 열듯 양손으로 윗옷을 열어젖혔다. 그러고는 아무것으로도 가려지지 않은 가슴들을 앞으로 쭉 내밀었다.

그 모습을 보고 있자니 수남 씨에게 들었던 수천 개의 말들 중 하나가 떠올랐다. 그러니까 내가 이곳에 온 지 20일쯤 됐을 때 블랙커피가 담긴 종이컵을 입으로 가져가다 말고 예수쟁이도 아니면서 성당에 다녀왔다는 나를 향해 던졌던 말이.

'괜찮아, 다 이해해. 우리 같은 사람치고 십자가를 향해 가슴을 들이밀어 보지 않은 사람은 없을 테니까. 다들 한 번쯤은 십자가에서 뿜어져 나오는 빛이 우리 폐에 달라붙은 균들을 소독해주진 않을까 기대하는 법이거든.'

뒤따랐던 말도 떠올랐다.

'근데 가만 생각해보면 좀 웃긴 것도 같단 말이야. 그들 말대로 신이 이 세상의 모든 것을 창조했다면 이놈의 균을 만든 것도 따지고 보면 신이라는 거잖아. 근데 그걸 신이 죽여줄 거라 기대하는 꼴이라니⋯⋯. 진짜 좀 웃기지 않아?'

그때는 그랬던 것 같은데, 오늘은 웃기지 않았다. 그저 좀 많이 부끄러울 뿐이었다. 단지 작기 때문일까 아니면 안에 들었을 기대감이 무겁기 때문일까 십자가에 매달린 남자의 음침한 눈빛을 조금의 흔들림도 없이 견뎌내고 있는 강희의 가슴을 보고 있자니.

컵라면이 익을 만큼의 시간이 지난 후, 하나, 둘, 셋, 넷, 다섯, 단추는 다시 채워졌고 강희는 다시 일어섰다. 나는 고개를 도로 집어넣었고, 곧이어 발소리가 들리기 시작했다. 그런데 발소리는 뒤쪽으로, 그러니까 그녀가 이곳으로 들어오기 위해 여닫았을 나무 문 쪽으로 점점 멀어지는 것이 아니라 오히려 앞쪽으로 한 칸씩 멀어져갔다. 그랬다. 그녀는 세 개의 계단을 밟고서 제단에 올랐던 것이다.

나는 고개를 다시 뺐고, 그러자 보였다.

다섯 평 남짓한 사다리꼴 모양 제단의 한가운데 놓인 커다란 책상, 즉 제대 곁에 서 있는 강희의 모습이. 그 위에 펼쳐진 크고 두꺼운 양장본을 받치고 있는 이른바 경본받침대의 아래쪽 공간에 손가락을 집어넣는 강희의 모습이. 작은 종과 열쇠가 하나씩 매달린 고리를 들고서 이제는 제대 뒤편에 걸린 십자가를 향해 걸어가는 강희의 모습이. 그리고 그 커다란 십자가 아래에 놓여 있는, 아니 보다 정확히는 거기 매달린 남자의 못 박힌 발이 가리키는 작고 빨간 등 옆에 놓여 있는 전자레인지 크기의 나무 금고, 이른바 감실에 열쇠를 꽂는 강희의 모습이. 마침내 그 속에 자리하고 있을 잔으로 손을 가져가, 그 금색 잔에 담긴 작고 동그랗고 납작한 빵을 하나, 둘, 세 개 꺼내어서는 하나씩, 하나씩 입에 넣는 모습이. 마치 아침, 점심, 저녁 약을 먹듯이.

1년 22일

아침에 새엄마한테서 전화가 왔다. 원래는 어제 걸려고 했는데 엄마가 하루만 있다가 전해달라고 부탁해서 지금 거는 거라며, 실은 어제 점심때 엄마도 나처럼 국립병원에 들어갔다고 말했다. 엄마는 이대로 더 있다간 또다시 나쁜 마음을 먹을 것 같아서 스스로 입원 치료를 받기로 결심했고, 그런데 나도 잘 알듯이 돈이 별로 없어서 나처럼 나라에서 많이 도와주는 국립병원에 들어가기로 했으며, 막상 들어가자니 혼자서 가기도 무섭고 또 자의입원 같은 경우는 법적 보호자까지는 아니더라도 응급 상황이 발생하거나 그곳의 의료진으로는 진료가 곤란한 다른 진료 과목의 신체적 질환이 발생했을 때 긴급히 연락해 협의할 수 있는 보호자가 필요했기 때문에 되도록 가까운 사람과 같이 가고 싶었는데, 가까운 사람이라고는 새엄마밖에 떠오르지 않는 바람에 결국 새엄마에게 연락을 해왔다는 것이었다. 하긴, 엄마는 무남독녀로 자랐고 엄마의 엄마와 아빠는 내가 태어나기도 전에 술을 마시고 핸들을 잡은 사람 때문에 한꺼번에 돌아가셨으니까. 그리고 그런 걸 다 떠나서, 한 사람을 사랑한 두 사람보다 가까운 사이는 없을 테니까.

나는 새엄마에게 고맙다고 말했다. 새엄마는 정말 좋은 사람이라는 말도 덧붙였다. 마음 같아선 이렇게 좋은 사람이니까 아빠가 엄마와 나를 버리면서까지 아줌마한테 간 것 같다는 말도 해주고 싶었다. 하지만 그럴 순 없었다. 그건 엄마에 대한 명백한 배신이니까.

"형?"

안 그래도 되는데, 새엄마는 전화를 끊기 전에 굳이 건우를 바꿔주었다.

"어."

"형이야?"

"그래."

"진짜 형 맞아?"

"아, 그렇다니까."

"형."

"왜."

"형, 뭐해?"

"약 먹어."

"맛있어?"

"맛있겠냐?"

"형."

"왜."

"많이 아파?"

"몰라."

"형."

"왜."

"나 학교 들어갔다."

"그래서?"

"형."

"아, 왜."

"형은 학교 안 가?"

"갈 거야."

"언제?"

"방학 끝나면."

"방학 끝났잖아."

"내 방학은 좀 길어."

"형."

"왜."

"아프지 마."

"알았어."

"형."

"왜."

"엄마가 끊으래."

"네 엄마 말 들어."

"형."

"왜."

"아프지 마."

"알았다니까 그러네."

"나도 알았어, 형. 그럼 진짜 끊는다, 형."

"야."

"어, 말해, 형."

"너, 담배 피지 마."

"담배?"

"그래, 담배. 나중에 어른 돼도 절대로 피지 마."

"그걸 왜 벌써 말해? 나 어른 되면 그때 말해주면 되잖아."

"몰라, 인마. 아무튼 피지 마. 알겠어?"

"엄마! 형이 담배 피지 말래. …… 형?"

"그래, 말해."

"엄마가 그냥 알겠다고 하래."

"그래, 네 엄마 말 들어."

전화가 끊기고 얼마 안 있어 간호사실로부터 인터폰이 걸려왔다. 김건수 환자를 찾았고, 나라고 했더니 지금 당장 간호사실로 오라고 했다. 내 아홉 번쩬가 열 번째 생일날 엄마랑 같이 갔던 63빌딩 아쿠아리움처럼 유리 벽으로 막힌 간호사실 앞에는 길쭉한 테이블이 하나 놓여 있었는데, 그 위에는 객담통이나 소변컵 따위를 두는 상자들과 함께 엄마가 좋아하는 깻잎무침처럼 일회용 마스크가 잔뜩 포개져 있었다. 나는 그중 하나로 입만 가린 채 안으로 들어갔다. 그러자 그곳에선 오늘도 좋은 냄새가 났다. 환자현황판 아래 줄줄이 놓인 화

분들과 그 맞은편 약품보관함 위에 놓인 커피머신 그리고 그 둘 사이를 왔다 갔다 하는 간호사들이 묻혀온 바깥세상의 공기가 힘을 모아 문이 열릴 때면 잽싸게 침범하는 퀴퀴한 냄새를 몰아내는 과정에서 만들어내는 그 특유의 냄새는, 이곳에 돌아다니는 수많은 냄새들 가운데 루치아나 수녀한테서 간간이 느껴지곤 하는 엄마 냄새 다음으로 내가 좋아하는 냄새였다.

"코도 가려야지."

의료용 카트에서 약봉지를 분류하고 있던 간호사가 말했고, 나는 시키는 대로 했다. 그런 다음 아무도 앉으라고 말해주지 않았지만 등받이가 없는 의자에 가 앉았다. 그러니까 한 달에 한 번씩 이곳으로 불려와 의사로부터 이번 달에도 균은 잡히지 않았다, 자이복스를 먹을 형편이 안 된다고 하니 지금으로선 달리 뾰족한 방법이 없다는 말을 들을 때처럼. 그런데 오늘은 그 말을 듣는 날이 아니었다. 나 같은 경우는 여름방학이 끝나던 8월 25일에 입원했기 때문에 의사와 면담하는 날은 매달 25일이었다. 25일이 주말이나 빨간 날이면 그다음의 첫 번째 까만 날이 그날이었고. 그러니 의사를 만나려면 아직 열 밤도 넘게 남아 있었다.

그렇다면 나는 이곳에 왜 불려온 것일까? 이유는 간단했다. 혼나기 위해서였다. 담배를 직접 피운 것은 아니었으니 이곳의 규칙을 어겼다고는 할 수 없지만, 509호 김석근 씨와 510호 노상호 씨가 그럴 수 있도록 도왔으니 잘한 것 또한 하나도 없다고 할 수 있었으니까. 그랬다. 어젯밤 나는 병동 건물 외벽에 나 있는 비상계단에 쪼그리고 앉아 담배를 피우는 그들에게 평소처럼 간호사가 나타나면 발뒤꿈치로 쿵

쿵 신호를 보내주기 위해 닫힌 비상구에 등을 붙이고 서서 복도 반대편에 자리한 간호사실을 주시했고, 그러다 아래층 비상구를 통해 기습을 가한 간호사에게 그 현장을 딱 들키고 말았던 것이다.

역시나 간호사실에 의사는 없었다. 아니, 한 명이 있긴 있었지만 나를 담당하는 아저씨 의사는 아니었다. 처음 보는 아줌마 의사였는데, 엄마보다 열 살쯤 많아 보이는 그녀의 양옆에는 엄마보다 열 살쯤 어려 보이는 역시나 처음 보는 간호사가 한 명씩 서 있었다. 말 한 번 섞어보지 않고도 셋 중 가운데가 의사이고 나머지 둘이 간호사인 걸 내가 어떻게 알 수 있었냐면, 나는 시력이 2.0이고 3미터 정도밖에 안 떨어진 창가에 기대어 서 있는 그들이 입고 있는 하얀 가운의 윗주머니에 크고 굵게 '간호사' '의사' '간호사'라고 새겨져 있었으니까.

어쨌든 내가 의자에 앉자 아줌마 의사가 컴퓨터 모니터를 뚫어져라 보고 있는 간호사를 향해 "저 친군가요?"하고 물었다. 간호사가 지금 계절에 입기엔 다소 두꺼워 보이고 겨울에 입기엔 다소 얇아 보이는 하늘색 코트를 장바구니에 담으며 그렇다고 대답하자, 그녀는 천천히 걸어와 내 앞에 놓인 회전의자에 다리를 꼬고 앉았다. 나머지 두 간호사도 세발자전거의 뒷바퀴들처럼 쪼르르 따라와 그녀의 양옆으로 섰고.

"반가워요."

팔짱을 끼며 아줌마 의사가 말했다.

"네."

두 손을 무릎에 얹으며 나도 말했다.

"혹시 우리가 왜 학생을 불렀는지 알고 있나요?"

나를 이리로 부른 것이 환자들에게 잔소리를 하는 것이 주 업무인 수간호사가 아니라 실은 그녀였다는 사실이 나를 당황케 했다는 점과는 별개로 그건 매우 쉬운 질문이었고, 그래서 나는 빠르게 "네"라고 대답했다.

"아, 아는구나. 벌써 소문이 돈 건가? 그래, 이곳에 온 지 1년 조금 넘었다고?"

이 역시 매우 쉬운 질문이었고, 따라서 이번에도 빠르게 "네"라고 대답했다. 그런데 이어진 질문은 그리 쉬운 질문이 아니었다. 아니, 난이도로만 따진다면 앞엣것들보다 몇 배는 쉬운 질문이었다. 그저 앞엣것들처럼 선뜻 "네"라는 답을 내놓아도 아무런 문제가 되지 않는 그런 종류의 질문이 아니었을 뿐이었다.

"그럼 슬슬 집에 가고 싶겠다, 그치?"

"……."

"왜? 가기 싫어? 엄마 안 보고 싶어?"

"……."

"설마 엄마가…… 안 계셔?"

"……."

"아닌데. 있었는데. 김 간, 이 친구 차트에 분명—"

결국 나는 대답했다. 아니, 되물었다.

"제가 그렇게까지 나쁜 놈인가요?"

"어? 뭐라고?"

그렇게 말하는 그녀의 상체가 뒤로 살짝 젖혀졌다.

"그 일이 그 정도로 못된 일이냐고요."

이렇게 말하는 나의 손바닥은 어느새 땀으로 흥건히 젖어 있었고.

"지금 무슨……."

"제가 웬만하면 이런 말까지는 안 하려고 했는데요……. 그러니까 저는," 나는 손바닥을 바지에 문지르며 목소리를 높였다. "아빠가 없어요. 처음엔 있었는데, 좀 지나선 없어져 버렸어요. 엄마를 버리고 제 동생을 낳은 아줌마한테로 가버렸거든요. 그래서 아빠의 사랑을 못 받고 자랐어요. 그런 제가 저를 자식처럼 챙겨주는 아저씨들의 부탁을 거절할 수 있을 거라고 생각하세요, 네? 그리고 그걸 다 떠나서, 환자수첩을 아무리 살펴봐도 망을 봐주다 걸리면 강제 퇴원당한다는 말은 없었어요. 담배를 피우다 걸리면 강제 퇴원당한다는 말은 소등 시간 이후에는 병동을 벗어나선 안 된다는 말이랑 간호사실을 출입할 때는 반드시 마스크를 껴야 한다는 말 사이에 있었지만 망을 봐주다 걸리면 강제 퇴원당한다는 말은 그 어디에도 없었어요. 정말이에요. 그러니 저를 정 집에 보내고 싶으시면 우선 규칙부터 잘 알아보—"

"잠깐만 학생." 그녀가 손바닥을 펴 보이며 내 말을 가로막았다. "지금 자꾸 이상한 소리를 하는데, 우리가 학생을 부른 건 담배 때문이 아니야."

그렇다면…… 술 때문인가? 아저씨들이 술을 시켜 먹을 때, 그러니까 사이다 페트병에 소주를 넣어주는 조건으로 배달 음식을 시켜 먹을 때, 그런 아저씨들로부터 천 원씩 받아 가며, 즉 담배 망을 봐줄 때보다 오백 원을 더 받아 가며 그들을 대신해 배달원으로부터 그것을 받아들고 간호사실 앞을 통과해 오던 나의 행적이 결국 밝혀진 것일까? 그렇다면 누구에 의해서? 설마 자기들 둘만 강제 퇴원당하는 게 억울한 나머지 어린 나까지 끌어들이려는 509호 김석근 씨와 510호 노상호 씨의 물귀신 작전에 의해서? 이러한 자문들이 내 머릿속을 어지럽힐 준비를 막 마쳤을 때, 그녀가 덧붙였다.

"임상시험 때문이지. 혹시 자이복스라고 들어봤니?"

그녀가 가고, 그러니까 '자이복스'라는 이름의 약이 다년간 다른 감염성 질환에는 사용되어 왔지만 내가 앓고 있는 슈퍼결핵 분야에서는 충분히 연구되지 못했기에 자신이 몸담고 있는 연구소에서 약 한 달 후부터 그 약에 대한 임상시험을 실시하여 그 약이 광범위 내성 결핵균을 죽이는 데 얼마나 효과가 있는지 알아볼 예정인데, 그 첫 번째 연구대상자로 엑스레이 촬영 결과 분명한 결핵 소견이 보이고, 만성 객담 배양 양성자이며, 약제감수성검사 결과 모든 약에 내성이 있는 것으로 나오며, 혈액학적으로도 이상 소견이 없는 나를 생각하고 있다, 참고로 약값은 물론이고 혹시 생길지도 모를 부작용에 대한 치료비까지 모두 자신들이 책임질 것이니 돈 걱정은 하지 않아도 된다, 그러니 여기 이 두 연구간호사 누나들의 설명을 잘 들어보고 시험에 참여할지 말지 결정해주길 바란다와 같은 말을 남긴 채 간호사실을 나가고, 나는 등받이가 없는 의자에서 등받이가 있는 의자로 옮겨 앉았다. 그리고 가지 않은 두 여자와 간호사실 한편에 놓인 원형 테이블에 둘러앉아 그녀들이 돌아가며 하는 말을 귀담아들었다. 매우 긴 이야기였는데, 간단히 요약하자면 다음과 같았다.

이번 임상시험은 총 2년에 걸쳐 진행될 예정이고, 참여하게 될 대상자는 총 열두 명이다. 보통은 시험대상자를 두 군으로 나누어 한쪽에는 진짜 약을 주고 나머지 한쪽에는 모양만 같을 뿐 실은 밀가루로 만든 가짜 약을 주는데 이번 시험 같은 경우는 아무래도 죽고 사는 문제이다 보니 열두 명 모두에게 진짜 약을 줄 예정이다. 다만 1년이 지나면 그땐 각각 여섯 명씩 해서 두 군으로 나눌 계획이다. 그런 다음 1군에 뽑힌 여섯 명에게는 남은 1년 동안에도 계속해서 한 알을 그대로 복용케 할 것이고 2군에 뽑힌 여섯 명에게는 반으로 줄인 양, 즉 반 알만 복용케 할 것이다.

"아, 참고로 약은 종전에 먹던 아침 약과 같이 먹을 거예요." 머리핀을 꽂은 연구간호사가 말했다. "차트를 보니까 아침 약 양이 점심 저녁 약에 비해 좀 많던데, 그래도 많이 먹을 때 한 알 더 먹는 게 삶의 질 면에선 더 낫지 않을까 싶어요. 그리고 타이레놀 크기여서 그렇게 많이 부담스럽지는 않을 거예요. 자, 지금 당장 해줄 수 있는 말은 여기까진데 혹시 더 궁금한 게 있나요?"

나는 시간을 끌지 않고 물었다.

"여자들도 시험에 들어가나요?"

"당연하죠. 남녀 각각 여섯 명씩 참여하게 될 거예요. 그리고 좀 전에도 말했듯이 1년 후엔 남녀 각각 세 명씩 두 군으로 나눌 거고요. 동의 절차가 남았으니 아직까진 '최종 명단'이라고 할 수 없지만 아무튼 남자 여섯, 여자 여섯 모두 정해진 상태에요."

"그럼 그 여섯에…… 그 여자도 들어있나요?" 나는 입 밖으로 '강희'를 꺼내며 덧붙였다. "불쌍한 사람인데……."

머리핀을 꽂은 연구간호사가 안 꽂은 연구간호사를 쳐다보며 어깨를 으쓱해 보였다. 그러자 안 꽂은 연구간호사가 꽂은 연구간호사를 대신하듯 내게 되물었다.

"이곳에 안 불쌍한 사람도 있나요?" 그러고는 들고 있던 서류를 살피기 시작했고, 잠시 후 이렇게 덧붙였다. "아, 여기 있네. 김, 강, 희. 최종 단계에서 탈락한 걸로 나오네요. 여기 적힌 걸로는…… 다른 조건은 다 맞았는데 딱 하나, 자비를 들여서 자이복스를 복용한 적이 있네요. 한 알이라도 복용한 이력이 있는 사람은 실격이거든요. 아무튼 이분, 좀 안됐다. 보니까 며칠 먹지도 못하고 중단했는데. 그것도 반 알씩."

1년 121일

나의 균이 잡히자 일등으로 달려온 사람은 루치아나 수녀였다. 그녀는 나를 힘껏 껴안는 것으로도 모자라 사람들이 다 보는데 부끄러운 줄도 모르고 눈물까지 흘려댔다. "아, 기쁘다, 기뻐, 너무 기뻐, 주님, 감사합니다, 정말 감사합니다." 이 비슷하게 말하면서.

　아무튼 내 경험에 따르면 같은 반 아이의 처참한 시험 점수 앞에서 같이 안타까워하는 것은 아주 쉬운 일에 속했다. 하지만 반대로 백 점짜리 시험지를 보며 같이 기뻐하는 것은 아주아주 어려운 일이었다. 그리고 나는 그런 나 자신이 실망스러워 어서 빨리 어른이 되기를 바랐었는데, 앞으로는 그러지 않기로 했다. 전적으로 이곳의 어른들 덕분이었다. 아니, 좀 더 정확히 말하면 그들이 몸소 보여준, 지금껏 매달 객담검사가 나오는 날이면 힘내라고, 우리야 늙어서 이미 틀렸지만 넌 아직 한참 어리니 반드시 좋은 날이 올 거라고 말해놓고 정작 자기들이 장담했던 좋은 날이 찾아오자 자기들 말이 맞았다며 기뻐하기는커녕 마치 짜기라도 한 듯이 시험대상자 선정 과정의 공정성에 의문을 제기하는 모습 덕분이었다. 그런 점에서 본다면 루치아나 수녀가 그 아주아주 어려운 일을 해낸 것은 비단 그녀가 어른이기 때문만은 아닐 터였다. 1차 약을 겨우 반년 조금 넘게 먹은 것만으로도 진작에 완치 판정을 받은, '건강한 어른'이기 때문일 터였다. 내가 이곳에 온 지 20일쯤 됐을 때 수남 씨가 했던 말, 그러니까 녹색 천에 꽁꽁 싸인 사람을 실은 이동식 침대를 조심조심 밀고서 지하로 이어지는 경사로를 내려가던 공무원들을 바라보며 했던 말, '건강하면 착해지기는 쉽다'는 말이 그리 틀린 말이 아니라는 게 또 한 번 증명되는 셈이었다.

창밖에는 비가 내리고 있었다. 크리스마스이브인 내일까지도 내린다면 그땐 비가 아니라 눈이면 좋겠다는 생각을 하면서, 나는 루치아나 수녀를 내 몸에서 떼어냈다. 그러고는 창을 활짝 열었다. 우리에게 찬 공기는 아주 나쁜 거지만 맑은 공기는 아주아주 좋은 거니까.

"그래, 시험은 할 만하고?"

수녀복 안주머니에서 꺼낸 손수건으로 눈물과 콧물을 닦으며 루치아나 수녀가 말했다.

"네. 수요일이 오는 것만 빼면 다 괜찮아요."

"수요일? 수요일은 왜?"

나는 설명해주었다. 매주 수요일 아침마다 적혈구 파괴를 막기 위해 사용한다는 그 굵은 주삿바늘이 카프카와 체호프와 김유정의 몸통을 파고들어 그것들로부터 피를 뺏어갈 때면 기다렸다는 듯이 몰려드는 긴장감과 뻐근함을.

그녀는 좀 재밌다는 표정으로 자신을 향해 뻗어 있는 내 두 팔을 번갈아 보았다. 그러더니 왼팔 안쪽에서 희미한 푸른빛을 띠며 흐르고 있는 두 줄기의 혈관 중 하나를 손가락으로 콕 찍으며 말했다.

"그러니까 얘가 카프카라는 거지?"

"맞아요. 그 밑에 있는 게 체호프. 그리고 이 팔에 있는 게 김유정. 그 위에 있는 건 아직 이름을 붙이지 못했어요. 현재까지 1순위는 이상이에요. 예전에 이 침대를 썼던 형이 그랬는데, 둘이 친했다고 하더라고요. 근데 영어를 쓰는 친구도 하나 있으면 좋을 것 같아서 오웰이라고 할까도 싶어요. 어차피 나랑 같은 병에 걸려서 죽은 건 매한가지니까요."

"그래서, 피를 토하며 죽었을 사람들의 이름을 붙이니까 정말로 피를 잘 뿜어내는 것 같아?"

나는 살짝 웃어 보이며 5층의 허공을 내다보았다.

"설마 그렇기야 하겠어요. 다, 이래도 안 되고 저래도 안 되니까 그냥 해보는 짓이죠."

그녀의 미소 짓는 모습이 열린 창에 비쳤고, 나는 다시 그녀를 보며 말을 이었다.

"아무튼 그 누나들, 정말 하나같이 냉정해요. 피를 뽑다가 더 이상 안 나오면 그걸로 만족하기보다는 다른 혈관들까지 찔러가면서 기어코 다섯 통을 다 채워가거든요. 가래도 그래요. 이제는 한 달이 아니라 일주일에 한 번씩 뱉어줘야 하는데 약을 먹은 후로는 예전처럼 진득한 것이 잘 안 나와서 오후나 내일 뱉어주겠다고 하면," 나는 고개를 흔들어 보였다. "안 된대요. 절대로 안 된대요. 그래서 그 누나들이 지켜보는 앞에서 계단을 열 번도 넘게 오르락내리락 한 적도 있어요."

"그럴 땐 따뜻한 물을 마시고 이렇게 가슴을 치면 되지."

그녀는 그렇게 말하며 가볍게 말아 쥔 주먹으로 자기 가슴을 한 번, 두 번, 세 번 쳤다.

"제 탓이오, 제 탓이오, 저의 큰 탓이옵니다, 할 때처럼요?"

"그래, 맞아, 고백기도[3]를 할 때처럼."

"그러다 나오라는 가래는 안 나오고 생각과 말과 행위로 저지른 죄들만 나오면요?"

내가 생각해도 꽤 괜찮은 농담이었다. 누구나 구사하고 싶어 하지만 더러는 타이밍을 못 맞춰서 못 하고, 더러는 지식이 부족해서 할 수 없는, 그래서 준비된 사람이 기회를 만났을 때만 비로소 빛을 볼 수 있는 이른바 고급 농담.

역시나 그녀는 내 농담을 단번에 이해하는 눈치였다. 이번에는 하하하 소리까지 내면서 웃었으니까. 그렇기에 나는 돌아올 그녀의 대답 또한 나와 같은 식의 농담이길 바랐다. 그러면 성모 마리아와 모든 천사와 성인과 형제들이 너를 위해 하느님께 빌어주시겠지, 뭐 이런 식으로 말이다. 결론부터 말하자면, 나는 그녀에게 몹시 실망했다. 그녀의 대답이 내 기대를 벗어나도 한참을 벗어났으니까.

---

3 미사에서 참회 예식을 할 때 바치는 기도로, 기도의 전문은 다음과 같다. '전능하신 하느님과 형제들에게 고백하오니 생각과 말과 행위로 죄를 많이 지었으며 자주 의무를 소홀히 하였나이다. (가슴을 치며) 제 탓이오, (가슴을 치며) 제 탓이오, (가슴을 치며) 저의 큰 탓이옵니다. 그러므로 간절히 바라오니 평생 동정이신 성모 마리아와 모든 천사와 성인과 형제들은 저를 위하여 하느님께 빌어주소서. 아멘'

"그럴 땐 객담통에 받아서 고해실로 가져가면 되지. 아, 너는 세례를 받지 않아서 거긴 못 가겠구나. 그럼 뭐, 십자가 앞으로라도 가져가면 되지."

나는 조용히 창을 닫았다. 그러고는 십자가 앞에 꿇어앉은 강희의 얼굴과 십자가를 향해 내밀어진 강희의 가슴이 비쳐지고 있는 창문, 아니 그 너머에서 낙하하고 있는 수만 개의 빗방울들을 바라보며 말했다.

"아무래도 하느님은 정시에 출근하고 정시에 퇴근하시나 봐요."

그녀는 무슨 뜻인지 물었다.

"제 폐가 짊어지고 있던 십자가는 네 개 모두 대신 들어줬으면서, 다른 사람들의 십자가는 나 몰라라 하고 있잖아요."

그녀는 한 번 더 무슨 뜻인지 물었고, 나는 이번에는 조금 더 자세히 설명해주었다. 이곳의 간호사들은 한 달에 한 번씩 우리들의 객담검사 결과를 뺄셈표 또는 덧셈표 모양으로 환자수첩 속 검사기록표에 써넣는데, 뺄셈표는 음성이라는 뜻이니 그 개수에 변함이 없지만 그녀들은 '포지티브'라 부르고 우리들은 '십자가'라 부르는 덧셈표 같은 경우는 상태에 따라 최대 네 개까지 늘어난다고. 그리고 이곳 5층뿐 아니라 3층에도, 즉 2차 약을 먹는 여자들만 모여 있는 병동에도 불과 한 달 전의 나처럼 십자가를 잔뜩 짊어진 폐를 품은 채 살아가고 있는, 아니 죽어가고 있는 여자들이 아주 많다고.

"그래, 그건 네 말이 맞다." 그녀가 말했다. "도미니카도 그중 한 사람이지. 도미니카라고, 알지?"

나는 모른다고 말했다.

"아, 세례명은 모를 수가 있겠구나. 강희라고, 전에 잠깐 너랑 인사 시켜준 적이 있는 것 같은데, 기억 안 나? 왜, 그 애 어머니 돌아가셨을 때 장례식장도 같이 갔었고."

"아, 뭐, 기억이 안 나는 건 아닌 것 같은데……. 죄송해요, 얼굴은 잘 안 떠오르네요."

"네가 죄송할 게 뭐 있어. 인상 깊은 사람이 아니면 기억에 오래 안 남는 거야 당연한 법이지. 아무튼 그 애도 발탁됐으면 참 좋았을 텐데 정말 아쉽게 됐어. 하지만 네가 하는 이 시험이 좋은 결과를 낳아서 네 말처럼 하느님께서 그 애의 십자가도 대신 들어주실 날이 곧 올 거라 믿어."

"못해도 2년인데요?"

"우리들 인생 전체를 놓고 보면 2년은 매우 짧은 시간이란다."

"이 침대를 쓰던 형은 반년도 못 기다리고 죽었는데요?"

"그건…… 어렵구나……."

"너무 어려워하지 마세요. 어차피 수녀님이 풀어야 할 문제도 아니 잖아요."

그녀는 미소를 지어 보였다. 다만 시험을 면제받은 사람의 밝은 미소는 아니었고, 그렇다고 해서 응시 자격을 박탈당한 사람의 어두운 미소라고도 할 수 없었다.

"하느님은 과로사를 해도 어차피 거기가 거기일 테니까," 나는 말을 이었다. "좀 무리를 해서라도 지금보다 더 많은 사람을 도와주면 좋을 텐데, 뭐 싫다는데 어쩌겠어요, 목마른 사람이 우물을 파야지."

그녀는 이번만큼은 무슨 뜻인지 묻지 않았다. 문득 뭔가 떠오른 듯한 얼굴로 내 오른쪽 소매를 급히 걷어 올릴 따름이었다.

"브론테는 어때? 에밀리 브론테. 그 작가도 너랑 같은 병으로 죽은 걸로 아는데? 그리고, 영국 사람이니까 당연히 영어를 썼을 테고."

1년 122일

기다리던 눈은 오지 않았다. 시곗바늘이 10시를 가리키자 지난 487일 간 그랬던 것처럼 소등 시간이 찾아왔을 뿐이었다. 그리고 하나, 둘, 셋, 방 사람들이 잠에 빠져들기 시작하자 나는 어두운 방과 어두운 건 물을 빠져나와 오솔길을 걸었다. 100미터짜리 그 좁은 길도 어둡긴 마찬가지여서 나는 앞을 보지 않고 밑을 보며 걸었다. 그래도 목적지 에 거의 다다라서는 다시 앞을 보며 걸을 수 있었다. 옅은 갈색의 나 무 문, 즉 성당 출입문 양쪽에는 내 가슴 높이의 플라스틱 전나무가 한 그루씩 놓여 있었고, 그 두 그루 모두에게 반짝이는 전구들이 칭칭 감겨 있었기 때문이었다. 가까이서 보니 줄 전구 말고도 눈의 결정체 모양을 하고 있는 색종이들도 많이 걸려 있었는데, 그것들 못지않게 폐에 대한 희망을 담은 카드들도 잔뜩 매달려 있었다.

그렇다면 이것들은 번지수를 잘못 찾은 게 아닐까. 여기 있을 게 아니라 본관 한구석에 자리한 평평한 지붕의 작은 건물 앞에 있어야 하는 게 맞지 않을까. 그러니까 이번 임상시험을 담당하고 있는 연구소 앞에. 이 비슷한 생각들과 함께 나는 첫 번째 나무 문을 열고 안으로 들어갔고, 빛이라고는 문 위쪽에 달린 피난구 유도등의 녹색 불빛이 전부인 어두운 복도가 나를 맞이하자 이내 두 번째 나무 문을 향해 마치 좁은 담장 위를 걸어가는 도둑고양이처럼 살금살금 다가갔다. 그리고 두 번째 나무 문을 밀면서, 나는 강희가 없기를 바랐다.

강희는 십자가 아래에 있었다.

문이 열리는 소리가 들렸을 테지, 강희는 십자가 아래 놓인 나무 금고에서 급히 손을 빼더니 얼른 뒤돌아섰다. 그러고는 그것을 등진 채 나무 문을 등지고 선 나를 바라보았다. 바라만 보았다. 아마도 그녀가 있는 곳에는 빛이 있었지만 내가 있는 곳에는 빛이 없었기 때문에 나와는 달리 그녀는 나의 얼굴을 알아보지 못하는 것 같았다. 그래서 나는 나의 목소리를 들려주었다.

"소용없는 짓이야."

'나도 알아'나 '네가 뭘 알아'와 같은 답은 돌아오지 않았고, 나는 앞으로 걸어갔다. 내가 긴 나무 의자들 사이로 난 길을 지나, 제단으로 올라가는 세 개의 계단을 거쳐, 마침내 자신의 한 걸음 앞에 설 때까지 그녀는 꼼짝도 하지 않았다. 마치 무궁화꽃이 피었습니다 놀이라도 하는 것처럼.

나는 우리가 처음이자 마지막으로 서로 가까이 붙어 서 있었을 때보다, 그러니까 각자의 치킨을 든 채로 한 엘리베이터를 탔을 때보다 4센티나 자랐기 때문에 이제는 그녀를 똑바로 보는 대신 살짝 내려다봐야 했다. 따라서 강희는 나를 살짝 올려다보았고, 어둠 탓으로 한껏 커졌을 그녀의 동공은 지난 1년 122일 동안 매달 한 번씩 찍어왔던 내 엑스레이사진 속의 공동처럼, 텅 비어 있었다. 나는 다시 말했다.

"손."

하지만 강희는 손이라는 말을 처음 들어보기라도 하는 것처럼 계속해서 나를 올려다보기만 할 뿐이었다.

"손 달라고."

마찬가지였다. 등 뒤에 감춘 그녀의 손은 조금도 움직이지 않았다. 그렇다고 닫혀 있던 입이 열리는 것도 아니었다. 어쩔 수 없이 나는 왼손으로 그녀의 오른쪽 손목을 붙들어 내 쪽으로 끌어당겼다. 그런 다음 이번에는 오른손으로 마치 꽃봉오리처럼 꽉 오므린 그녀의 손가락들을 하나씩 펴기 시작했다.

"네가 뭐," 마침내 강희가 입을 열었다. "경찰이야?"

"그러는 누나는 뭐," 마지막으로 남은 새끼손가락을 마저 펴며 나는 되물었다. "장 발장이야?"

그러면서 나는 그녀의 좁은 손바닥 위에 올려진 작고 동그랗고 납작한 빵들을 움켜쥐었다. 그런 다음 "얘들은 균한테 못 이겨"라고 덧붙이며 그것들을 내 오른쪽 주머니에 넣었다. 그러니까 그녀도 입고 있는, 가슴 한곳에 병원 이름이 조그맣게 새겨진 남색 파카 주머니에. 동시에 그녀의 눈동자가 가볍게 흔들렸다. 그러거나 말거나 이번에는 그녀의 손목에서 떼어낸 왼손을 왼쪽 주머니에 찔러 넣었고, 곧장 그 속에 들어 있던 것을 꺼내어 그녀의 빈 손바닥 위에 올려놓았다. 그녀의 눈동자가 또다시 흔들렸다. 이번에는 그리 가볍지 않게.

"뭐야, 이게?"

강희가 말했다.

"알잖아."

내가 대답했다.

"몰라서 묻는 게 아니잖아."

"알면, 먹으면 되잖아."

강희는 자신의 손바닥 위에 있는 것을 경계의 눈초리로 바라볼 뿐 10초도 넘게 말이 없었다. 참다못해 내가 다시 말했다.

"근데 왜 나 모른 척해?"

"…… 어디서 난 거야?"

"수녀님 앞에서도 그렇고, 사람들만 있으면 왜 그래?"

"연구대상자에 뽑혔다더니 설마…….""

"내가 부끄러워?"

"쪼갠 거야?"

"내가 부끄럽냐고."

"내가 묻는 거 안 들려?"

"내가 먼저 물었어."

"내 질문이 백배는 더 중요해."

"그래. 쪼갰다, 왜?" 나는 답해주었다. 그리고 덧붙였다. "반만 먹어도 효과는 있으니까. 안 그러면 왜 1년 후에 한 알을 계속 먹는 사람과 반 알만 먹는 사람으로 나누겠어."

5초, 아니 10초도 넘게 침묵이 흘렀다.

"아무리 그래도 그렇지," 결국 강희가 입을 열었다. "반으로 쪼개서 팔아먹을 생각을 다 하다니……. 이제 보니 너 진짜 맹랑한 애—"

"뭐래." 나는 그녀의 말을 잘랐다. "파는 거 아냐."

"뭐? 파는 게 아니라고?"

"그래."

"그럼 뭔데?"

"뭐긴, 주는 거지."

"뭐? 주는 거라고?"

"그래."

"그러니까, 공짜로?"

"그래."

"…… 왜?"

"그거야……"

이상하게 뒷말이 떠오르지 않았다. 5초, 아니 10초도 넘게.

"왜 말을 못 해?"

"누가 말을 못 해."

"네가 지금 못 하고 있잖아."

"그거야……"

이번에도 마찬가지였다.

"자꾸 '그거야'만 하지 말고 말을 해보라고. 어째서 이걸 나한테 '공짜로' 주는 거냐고."

나는 그녀가 시키는 대로 해주지 못하고 눈을 딴 데로 돌려버렸다. 내 시선이 멈춘 곳에 매달린, 그녀를 위해서는 아직 한 번도 거기서 내려오지 않고 있는 남자는 그녀를 볼 낯이 없는 건지 그녀가 서 있는 반대 방향으로 고개를 숙이고 있었다. 입이 열 개라도 할 말이 없는 건지 입술을 굳게 다문 채로. 나 못지않게 앙상한 그의 갈비뼈를 올려다보며 나는 말했다.

"죽지 말라고."

"뭐? 죽지…… 말라고?"

"그래."

나는 고개를 숙여 이제는 그녀의 발목을 내려다보았다.

"…… 이거 하나를 먹으면, 내가 안 죽니?"

"하나만 먹으면…… 죽겠지. 근데 뭐, 날마다 줄 거니까 안 죽—"

"잠깐만. 너 지금 뭐라 그랬어?" 이번에는 그녀가 내 말을 잘랐다. "뭐? 날마다 준다고?"

"왜 자꾸 같은 말을 두 번씩 하게 만들어."

"두 번이든 백 번이든, 너 분명 그렇게 말한 거 맞지?"

"그래."

"…… 왜?"

"말했잖아. 죽지 말라고……."

"아, 씨, 그러니까, 왜?"

다시 침묵이 흘렀다. 크리스마스를 하루 앞두고 자신의 가슴 속에 있는 마음의 답을 요하는 질문을 받은 남자와, 자신의 가슴 속에 있는 답 없는 폐를 낫게 해줄 알약을 받아든 여자가 각자의 무게로 따로, 또 같이 지켜나가기에 적당한 길이만큼.

"…… 친구니까."

"친구, 니까?"

"그래, 친구니까……."

"······ 그러다 걸리면? 연구에서 탈락되는 걸로 끝날 것 같아?"

설마 그럴 리가. 최소 99퍼센트의 확률로 집으로 보내지겠지. 어쩌면 연구의 신뢰성을 훼손했다는 이유로 집이 아니라 경찰서로 보내질지도 모를 일이고. 잘못하면 법원에 끌려갈 수도 있겠지. 거기서 또 잘못되면 교도소로 직행할 테고. 아직 열여덟 살이 안 됐으니 어른 교도소는 못 가고 내 또래들이 모여 있는 소년교도소에 가게 될 것이고, 그렇게 되면······ 방학은 끝나는 거겠지. 아무튼 그런 점에서 본다면, 이곳 간호사들의 인간적인 일 처리 방식은 내가 어디에도 가지 않는데 큰 도움이 되고 있었다.

안 믿을지도 모르겠지만, 그녀들은 약 먹는 시간이 되면 꼭 엄마처럼 굴어야 했다. 쉽게 말해 어떤 한 사람에게 약을 주었다면 그 자리에 그대로 서서 그 사람이 약을 입에 털어 넣는 모습을 지켜봐야 했다. 왜냐하면 일명 DOT⁴ 라고 해서, '후'라는 데서 그렇게 하도록 '적극' 권해서였다. 그러기 위해서 그녀들은 우리에게 약을 나눠줄 땐 '한 사람씩' 주어야 했다. 그래야만 혼자서도 여섯 사람을 한 명, 한 명 지켜볼 수 있을 테니까. 하지만 이곳의 간호사들은 피차 귀찮고 민망한 '적극적 권유'를 따르기보다는 한꺼번에 약을 쫙 나눠준 후에 방의 중심에서 몸을 한 바퀴 빙글 돌리는, 보다 인간적인 방식을 택하고 있었다. 비록 한 명, 한 명 지켜보는 것이 물리적으로 불가능해지더라도.

---

4 DOT(directly observed treatment) 세계보건기구(WHO)가 국가결핵관리를 위해 권장하는 정책으로 결핵관리요원이 환자가 약을 복용하는 것을 지켜보는 것을 말한다.

그랬다. 나는 내게 약을 준 간호사가 옆이나 앞 사람에게 이동함으로써 내 곁을 비우는 그 몇 초 동안의 빈틈을 놓치지 않았던 것이다. 그 순간 나는 약봉지를 재빨리 뜯어 그 작고 하얀 타원형의 알약만을 이불 밑으로 잽싸게 감췄던 것이다. 그런 다음 빙글 도는 간호사의 시선이 나를 향할 때에 맞추어 손바닥 위에 수북이 쌓인 아침 약들, 즉 쭉 먹어오던 프로치온아미드 3알과 사이클로세린 2알과 레보플록사신 2알과 아멜록스 2알과 파스 1봉을 보란 듯이 입에 털어 넣었던 것이다. 그리고 간호사가 방을 나가면 이불 밑에 감춘 그것을 이등분으로 쪼개어 반은 먹고 반은 남겨뒀던 것이다. 물론 방 사람들도 모르게 이불을 머리끝까지 끌어올리고서.

"안 걸려." 어쨌든 나는 그녀의 질문에 답해주었다. "나, 손 빨라."

"…… 그래도 걸리면? 그땐 어떡할 건데?"

"손 빠르다니까."

나는 그렇게 말하며 내 파카 오른쪽 주머니에 오른손을 찔러 넣어는 조금 전 그 안에 넣어두었던 작고 동그랗고 납작한 빵들을 꺼내어서는 손바닥을 펼쳐 그녀에게 보여주었다. 그런 다음 그것들을 '아주 빠르게' 왼손으로 옮겼다가 오른손으로 옮겼다가 다시 왼손으로 옮겨 쥐었다. 그녀는 그런 내 두 손을 물끄러미 내려다보기만 할 뿐 아무런 말이 없었다. 내가 그것들을 제자리에, 그러니까 나무 금고 속 금색 잔에 담아 놓고 돌아왔을 때에야 비로소 다시 내 눈을 올려다보며 이렇게 물을 따름이었다.

"그건 네 생각이고, 세상이 네 생각대로 호락호락 굴러가 줄 것 같아?"

"굴러가게 만들면 돼. 봤잖아, 내 손이 얼—"

"됐고, 그러니까 걸리면 어떡할 거냐고."

"…… 걱정 마. 누나 이름 말 안 해."

"그 말을, 내가 어떻게 믿지?"

한 번 더 침묵이 흘렀다. 다만 길이에서만 본다면 크리스마스를 하루 앞두고 자신의 가슴 속에 있는 마음의 답을 요하는 질문을 받은 남자와 자신의 가슴 속에 있는 답 없는 폐를 낫게 해줄 알약을 받아든 여자가 각자의 무게로 따로, 또 같이 지켜나가기에 적당했던 앞서의 침묵보단 조금은 짧은 침묵이었다.

"친구니까……."

"친구?"

나는 말을 안 했고, 그녀는 다시 말했다.

"아까 네가 물었지? 왜 널 모른 척하냐고. 네가 부끄럽냐고."

나는 계속 말을 안 했고, 그녀는 내 손을 잡았다. 그러더니 자신의 오른손을 내 왼 손바닥 위에 올려놓으며 덧붙였다.

"반대야. 네가 부끄러운 게 아니라, 내가 부끄러워져서야. 널 보고 있으면."

"……."

"아, 착각은 하지 마. 네가 생각하는 그런 거 아니니까."

"……."

"너, 좀 궁금하지 않아? 내가 왜 이런 짓을 하고 있는지. 어째서 다 큰 여자가 이 시간에 몰래 이곳에 들어와 예수님의 몸을 훔쳐 먹고 있는지, 좀 궁금하지 않아?"

"……."

"좀 더 쉽게 물어봐 줄까? 좋아, 그럼 이렇게 물어볼게. 내가 이 아이디어를 어디서 얻었을 것 같아? 아니, 누구한테 얻었을 것 같아? 예수님의 몸을 마치 결핵약처럼 매일 꼬박꼬박 먹으면 내 폐의 균들이 어쩌면 죽을지도 모른다는, 철없는 중학생이나 할 법한 이 아이디어를 누구한테 얻었을 것 같아?"

나는 "……."을 이어가며, 계속해서 그녀가 내 손바닥 위에 두고 간 반쪽의 알약을 내려다보았다.

"그러니까, 누가 나한테 말해줬을 것 같아? 어떤 철없는 남자애가 여기서 예수님의 몸을 몰래 훔치다 자기한테 걸렸다고, 누가 나한테 말해줬을 것 같아? 누가, 그 이야길 인터넷에서 주워들은 이야기를 들려주듯 재밌어하며 말해줬을 것 같냐고."

"……."

"이곳이 그런 데야. 아무도 믿을 수 없지. 아니, 아무도 비밀을 지킬 수 없지. 왜냐, 답답하고 지루하거든. 덥고 습한 여름철만큼 곰팡이에게 좋은 환경이 없듯이, 답답하고 지루한 데다가 내일 죽어도 하나 이상할 게 없는 사람들로 가득한 공간만큼 비밀을 발설하기에 좋은 환경이 없거든. 근데 날더러 네 범죄의 공범이 되라고? 겨우 저런 것도 제대로 못 훔치고 수녀에게 들킨 널 믿고?"

"……."

"그리고 뭔가 단단히 착각하나 본데, 우리, 친구 아니야. 그냥 서로의 이름 정도나 아는 사이일 뿐이지. 안 그래?"

"건강이……."

"뭐?"

"고양이……. 이름 한 글자씩……."

"뭐래는 거야. 아무튼 잘 들어, 학생. 처음이자 마지막으로 경고할 테니까. 내가 이러는 거 꼰지르고 싶으면 꼰질러도 돼. 내 도둑질이야 저기로 잡혀가면 끝날 일이니까."

그녀는 그렇게 말하며 팔을 길게 뻗어 예배당 맨 뒤쪽을 가리켰다. 쪽문 곁에 자리한 고해실의 불투명한 유리창에서 그녀 등 뒤에 걸린 십자가의 테두리로부터 퍼져 나오는 불빛보다 약간 연한 노란색 불빛이 흘러나오고 있었다.

"하지만," 그녀가 말을 이었다. "네 도둑질은 저기로는 안 될걸. 그러니까, 학생이면 학생답게 굴어. 어른 목숨 갖고 장난치지 말고. 그리고, 다시는 아는 척하지 말고."

나는 잠자코 서서 점점 멀어지는 강희의 뒷모습을 바라보았다. 생각보다 오래 볼 수 있었다. 제단을 내려가는, 그리고 긴 의자들 사이로 난 길을 따라 나무 문을 향해 걸어가는 그녀는 숨을 고르기 위해 서너 걸음에 한 번꼴로 멈춰야 했으니까.

1년 154일

본관으로 내려온 지 벌써 일주일이 넘었다고 말해주고 싶었는데 엄마는 오늘도 전화를 받지 않았다. 오늘도 약 먹고 자는 중이라고 수화기 저편의 간호사가 가르쳐주었다. 그러면서 엄마에게 전해주고 싶은 말이 있으면 자기한테 하라고 했다. 나는 간호사실을 출입할 때 앞으로는 더 이상 마스크를 쓰지 않아도 된다고 말했다. 그러자 그녀는 한가한 건지 심심한 건지 그게 전부냐고 물었다. 나는 잠깐 망설이다가 더 이상 창가 침대를 쓸 수 없게 돼서 앞으로는 서울로 가는 보잉 737기를 침대에 누운 채로는 볼 수가 없게 되었다고 말했다. 그러고는 그게 전부냐는 물음이 다시 돌아오진 않았지만 이 말도 해주었다. 뭐 어쩔 수 없다고. 다시 처음부터 시작하는 수밖에 없다고. 하루하루 지나다 보면 언젠간 내 차례가 올 거라고. 다만 별관에서처럼 어느 날 갑자기 깜짝 선물처럼 찾아오지는 않을 거라고. 왜냐하면 이곳의 창가 침대는 침대 주인이 살아서 병원을 나갈 때만 비워지기 때문이라고.

아무튼 전화를 끊고 얼마 안 있어 이곳의 간호사가 점심 약을 갖다 주었고, 나도 엄마처럼 약을 먹고 낮잠을 잤다. 작년 3월이었나 4월 이었나, 나는 아침을 먹으며 새벽에 로또에 당첨돼서 자이복스를 사러 약국에 가는 꿈을 꾸었다고 방 사람들에게 자랑한 적이 있었다. 그때 살아 있던 수남 씨가 밥에 마가린과 간장을 넣어 비비며 우리들의 정신세계는 빙산으로 비유하자면 물 위에 떠 있는 작은 부분이라고 할 수 있는 '의식'과 물 밑에 잠겨 있는 커다란 부분이라도 할 수 있는 '무의식', 그리고 바다의 움직임에 따라 물 위로도 나왔다가 물 밑으로도 들어갔다가 하는 '전의식' 이렇게 세 개의 영역으로 나누어져 있고, 꿈이란 그저 우리들 무의식 속에 숨어 있는 두려움, 부도덕한 충동, 비합리적 소망 같은 것들이 수면을 방해하지 않도록 전의식과 의식 영역으로 방출시키는 통로일 뿐이라고 가르쳐줬는데, 오늘의 통로는 나를 좀 많이 피곤하게 만들었다.

나는 본관 앞마당에 서 있었고 강희는 별관 앞마당에 서 있었다. 마치 식판을 들 듯 각자의 폐를 들고서. 나는 즐거운 곳에서 나를 오라고 해도 내가 쉴 곳은 오직 내 집뿐이라는 노래를 부르고 있었고, 강희는 그냥 서 있었다. 그러고 있는데, 어디선가 내 노랫소리보다 훨씬 큰 '콩콩콩' 소리가 들리기 시작했다. 하늘을 보니 티라노사우루스보다는 작고 코끼리보다는 큰 물체 하나가 애드벌룬처럼 떠 있었는데 모양이 꼭 심장 같았다. 그래서 뛰는 건가 안 뛰는 건가 궁금해하고 있는데 그것의 아랫부분에서 폐동맥 모양을 한 파란색 대롱이 쭉 하고 나오더니, 마치 독침을 날리듯 쇠젓가락 한 짝을 발사했다.

하나는 내가 들고 있는 내 폐에 꽂혔고 나머지 하나는 강희가 들고 있는 강희의 폐에 꽂혔다. 하지만 우리는 하나도 아파하지 않았다. 이 역시 수남 씨가 가르쳐줬는데, 폐에는 감각신경세포라는 것이 없어서 통증을 느끼지 못하니까. 어쨌든 몇 초 후 우리들의 두 폐에서 '뚜뚜뚜뚜, 뚜뚜뚜뚜' 뭐 이런 소리가 나기 시작했다. 꼭 블루투스에 연결이라도 된 것처럼.

그리고 꿈속의 시간으로 몇 분쯤 지났을 무렵, 저 멀리 'ㅅ'자 지붕의 건물 쪽에서 가슴에 십자가 문신을 네 개나 새긴 뚱뚱한 남자 하나가 줄무늬 팬티만을 걸친 채 강희를 향해 뛰어와서는 한순간 고양이처럼 풀쩍 뛰어오르더니 이번에는 체조선수처럼 두 팔을 높이 든 채로 강희의 폐 위에 착지했다. 그러고는 강희의 폐를 짓밟기 시작했다. 강희의 폐는 여전히 아무 소리도 내지 않았다. 대신 내 폐가 이런 소리를 내기 시작했다.

'무거워, 무서워, 무거워, 무서워.'

나는 돌멩이를 찾았다. 본관 앞마당은 별관 앞마당과는 달리 잔디밭이었기 때문에 아무리 찾아도 보이지 않았다. 결국 나는 주머니에 들어 있는 것이라도 꺼냈다. 그러니까 반으로 쪼개진 하얀 타원형 알약을.

나는 던졌다.

평소였다면 이곳 본관을 둘러싼 울타리 근처까지도 날아가지 못했을 테지만 이번만큼은 이곳과 그곳 사이를 지나는 왕복 2차로 고갯길을 훌쩍 넘어 그 씨발새끼의 머리통까지 빠르게 그리고 정확히 날아갔다. "아이고" 소리를 지르며 씨발새끼가 바닥으로 떨어졌다.

그러더니 헤드샷을 맞은 타자처럼 머리통을 부여잡고 데굴데굴 구르기 시작했다.

그때 어디선가 삐뽀삐뽀 소리가 들리더니 이내 차 한 대가 강희 앞에 멈춰 섰다. 앰뷸런스였다. 세 여자가 내렸는데, 모두 경찰복을 입고 있었다. 양쪽 어깨가 비좁도록 활짝 핀 무궁화를 잔뜩 단 여자는 임상시험을 책임지고 있는 아줌마 의사와 얼굴이 같았고, 역시나 양쪽 어깨에 아직 피지 않은 꽃봉오리를 하나씩만 단 나머지 두 여자는 매주 나를 찾아와 피를 뽑고 가래를 챙겨가는 연구간호사 둘과 얼굴이 똑같았다.

두 명의 졸병 중 귀걸이를 한 졸병이 강희의 손목에 수갑을 채웠다. 귀걸이를 안 한 졸병은 강희의 귀에 대고 미란다 원칙을 소곤거렸다. 강희는 한편으론 간지러워하면서도 온 힘을 다해 억울함을 호소했다. 자기는 그저 가만히 서 있었을 뿐이라고. 그를 저 꼴로 만든 건 자신이 아니라 저기 본관에 서 있는 바로 저 애라고. 비록 그 짓으로 인해 자신의 폐를 짓누르던 무거움과 무서움은 한순간 사라졌지만 그건 어디까지나 저 애가 자기 좋자고 한 일이라고. 그러니 자신은 이 일과 아무런 상관이 없다고.

그때 몇 걸음 떨어진 곳에서 씨발새끼의 상태를 살피던 대장이 혼잣소리처럼 말했다.

"아이고, 죽어버렸네." 그러고는 무전기에 대고 물었다. "어떻게 생각하세요?"

이내 무전기에서 한 남성의 목소리가 흘러나왔다.

"자기의 행위로 인해, 즉 가만히 서 있음으로 인해 어떤 결과가 발생할지 예견하였음에도 불구하고 그 행위를 행하였으므로 넓은 의미에서 보자면 미필적고의로 볼 수 있겠네요. 그리고 약간 비틀어서 생각해보자면, 훔친 물건을 통해 건강상의 막대한 이득을 보았으므로 장물수혜죄로 볼 수도 있을 테고요. 아무튼 한 가지 확실한 건, 그를 죽음에 이르게 한 주범이라고는 할 수 없겠지만 최소한 공범이라고는 할 수 있겠네요. 배 아파서 하는 말이 아니라, 잡아넣어야죠."

그때나 지금이나, 아니 살았을 때나 죽었을 때나 수남 씨의 목소리는 차분하면서도 단호했다.

이윽고 강희를 태운 앰뷸런스가 병원을 빠져나와 고갯길로 들어섰고, 나는 쫓아갔다. 하지만 끝내 따라잡지 못했다. 꿈이라고 다 되는 건 아니니까.

1년 160일

어제는 그제보다 10분을 더 기다렸고, 오늘은 어제보다 10분을 더 기다렸다. 이럴 줄 알았으면 어제 20분을 더 기다릴 걸 그랬다. 11시가 막 지났을 무렵 문이 열렸고, 강희가 들어왔다. 강희의 가슴은 그날처럼, 단지 작기 때문일까 아니면 안에 들었을 기대감이 무겁기 때문일까 십자가에 매달린 남자의 음침한 눈빛을 조금의 흔들림도 없이 견뎌냈다. 이윽고 강희는 풀었던 단추를 다시 채웠고, 벗었던 파카를 다시 입었고, 꿇었던 무릎을 펴고 일어섰고, 세 개의 계단을 올라갔고, 사다리꼴 모양 제단의 한가운데 놓인 커다란 책상, 즉 제대 곁으로 다가갔다. 그러고는 역시나 그날처럼, 그 위에 놓인 이른바 경본받침대의 아래쪽 공간에 손가락을 집어넣었고, 작은 종과 열쇠가 하나씩 매달린 고리를 꺼내어 들고서 제대 뒤편에 걸린 십자가를 향해 걸어갔으며, 작고 빨간 등 옆에 놓인 이른바 감실이라 부르는 나무 금고를 열었다.

피아노 뒤에 몸을 웅크린 채로 고개만 옆으로 빼꼼 내민 나로서는 거기까지만 볼 수 있었다. 나무 금고 속에 자리하고 있을, 작고 동그랗고 납작한 빵이 가득 담긴 금색 잔은 보이지 않아도 하나도 어렵지 않게 눈앞에 그려졌다. 하지만 거기까지였다. 그 잔으로 손을 가져가려다 그 잔 앞에 놓인 반쪽의 알약을 발견했을 때의 강희의 얼굴은 단 한 가닥의 속눈썹조차 그려지지 않았다. 그저 1분이 훌쩍 지난 후에야 나무 금고의 문이 닫히는 희미한 소리를 들을 수 있을 따름이었다.

그녀는 천천히 몸을 돌렸고, 나는 얼른 고개를 집어넣었다. 그 상태로 나는 나무 금고의 문이 닫히는 소리에 비한다면 확실히 선명하다고 할 수 있을 다음과 같은 소리에 귀를 기울였다. 작은 종과 열쇠가 하나씩 매달린 고리를 제자리에 갖다 놓기 위해 제대로 향하는 발소리, 계단을 내려오는 발소리, 긴 나무 의자들 사이를 달팽이처럼 걸어가는데도 마라톤선수처럼 토해내는 숨소리, 마침내 열렸다 닫히는 예배당 문소리.

한 걸음 한 걸음 희미해져 가는 문밖의 발소리가 완벽히 사라지자, 나는 피아노 건반 아래에서 기어 나왔다. 그런 다음 빠르게 제단 위로 올라가 그녀가 그랬던 것처럼 나무 금고를 열었다. 그리고 나는 좀 많이 행복해졌다. 반쪽의 알약이 없어졌으니까.

1년 193일

점심때 성당 뒤뜰에서 참새를 묻고 있는데 루치아나 수녀가 슬금슬금 다가와 내 옆에 쪼그리고 앉더니 꼭 어디서 주워들은 고급 정보를 나눠주듯이 내게 말했다. 도미니카가, 그러니까 강희가 약 한 달 전부터 먼 친척의 도움으로 자이복스를 매일 반 알씩 먹고 있다고. 그래서 얼마 전 실시한 객담검사에서 이곳에 온 지 3년 만에 처음으로 '음성' 판정을 받았다고. 그러니 이 상태가 1년 11개월만 더 지속된다면 마침내 완치 판정을 받고 집으로 돌아갈 수 있을 거라고.

나는 나랑은 별로 상관없는 일이지만 어쨌든 잘된 일인 것 같다고 말하며, 집에서 살아가는 강희의 모습을 그려보았다. 잘 그려지지가 않았다. 그녀의 집이 어디에 있는지, 어떤 모양인지, 또 그녀의 방 창문은 동서남북 어디를 향해 나 있는지, 그리고 그 방에도 이곳처럼 그녀만의 침대가 있는지 무엇 하나 알지 못했기 때문이었다. 그렇다고 물어볼 수도 없는 노릇이었다. 우리는 일요일 아침이면 한 시간 가까이 그녀는 신자로서, 나는 '돌아온' 반주자로서 성당이라는 한 공간에 머물렀지만 나는 그날 밤 그녀가 경고한 대로 그녀를 아는 척하지 않았고 그녀 또한 그런 나를 모른 척, 아니 못 본 척했으니까.

솔직히 섭섭한 마음이 없지는 않았다. 매일 아침 이불 속으로 약을 감추고, 이불 속에서 반으로 쪼개고, 밤 10시가 되어 방의 불이 꺼지면 방을 나와, 본관 앞마당을 지나, 터널을 지나, 별관 앞마당을 지나, 오솔길을 지나, 두 개의 나무 문을 차례로 열고 들어가 마침내 나무 금고를 열고, 전날 넣어두었던 것을 '누군가'가 가져감으로써 도로 비게 된 그 자리에 그날 치의 반쪽을 두고 오는 일은 몸으로는 그리 어려운 일이 아니겠지만 마음으로는 결코 쉬운 일이 아니었기 때문이었다. 누가 볼까 봐, 누가 들을까 봐, 누가 와 있을까 봐, 누가 들어올까 봐, 그리고 '누군가'의 마음이 변해서 어제는 가져가지 않았을까 봐……. 한마디로 조마조마의 연속이었던 것이다. 그러니 고맙다는 말까지는 몰라도 수고한다는 말 정도는 들을 자격이 있지 않을까.

하지만 조금만 깊이 생각해보면 강희를 이해 못할 것도 없었다. 어쩌면 그녀가 보여주고 있는 철저한 외면은 자기 혼자만의 안전이 아니라 나의 안전까지도 지키기 위해 내린 심사숙고의 결과물일 수도 있으니까 말이다. 쉽게 말해, 그것이 '자존심을 지키고 싶은 마음보다 폐를 지키고 싶은 마음이 더 커져 버려서 마음을 바꿔 먹은 건 부끄럽지만 아무튼 잘 먹을게'와 같은 직접적인 말이거나 아니면 단지 그 뜻을 담은 눈인사에 불과하든 간에 어떤 식으로든 나에게 자신의 마음을 표시한다면, 그래서 내 쪽에서도 '아니야, 겨우 이 정도 가지고 뭘'과 같은 직접적인 말이거나 아니면 그 뜻을 듬뿍 담은 손사래에 불과하든 간에 어떤 식으로든 그녀의 마음을 받아들인다면, 그것은 결국 가져간다는 사실도 또 갖다 놓는다는 사실도 모두 '인정'하게 되는 꼴이 될 것이고, 그렇게 되면 그 순간 우리 사이에서 한 달 가까이 일어나고 있는 그 알쏭달쏭한 일에 '비밀'이라는 공식적인 이름이 붙게 될 것이며…… 그녀의 말처럼, 세상에 영원한 비밀은 없으니까.

"수녀님," 흙을 덮으며 내가 말했다. "수녀님은 비밀이 있으세요?"

"비밀?" 고개를 돌려 나를 보며 그녀가 말했다. "비밀이 없는 사람도 있니?"

"몇 개나 있으세요?"

"글쎄…… 안 세어봐서 잘은 모르겠지만 열 개보다는 많고 백 개보다는 적을 것 같은데. 근데 그게 왜 궁금하지?"

"왜요? 좀 궁금해하면 안 되나요?"

"뭐 그런 건 아니지만……" 그녀는 주위를 살펴보며 덧붙였다. "이제 진짜 봄이다. 그치?"

"그러게요. 오긴 왔네요."

"오늘 연주 좋았어."

"노래가 다 쉬웠어요."

"쉬운 노래일수록 연주 실력이 더 잘 드러나는 법이지."

"누가 그래요?"

그녀는 손가락으로 자신의 가슴을 콕 집었다. 나는 콧방귀를 뀌며 다시 말했다.

"실은 저도 비밀이 많아요."

"그렇겠지. 너라고 왜 비밀이 없겠니."

"하나만 가르쳐드릴까요?"

"나한테? 왜?"

"수녀님한테는 말해줘도 상관없는 비밀이니까요."

나는 그렇게 말하며 흙을 꾹꾹 눌렀다. 그러고는 덧붙였다.

"사실 전 수녀님을 안 믿어요."

그녀는 말이 없었고, 나는 개나리 가지를 꺾어 만든 십자가를 참새의 무덤에 꽂았다.

"피아노를 다시 치겠다고 한 것도 사람들이 나를 보고 싶어 한다는 수녀님의 말을 믿어서가 아니에요. 그냥 육만 원을 주니까, 그래서 오는 거예요."

그녀는 비뚤어진 십자가를 고쳐 세울 뿐 잠자코 듣고만 있었다.

"처음 그 돈을 받았을 땐 돌려주고 싶었어요. 어쨌거나 그 돈은 본당 사람들이 이곳에서밖에 미사를 볼 수 없는 신자들을 위해 보내오는 돈이니까요. 그러니 예수님을 믿지 않는 저는 받을 자격이 없는 거죠. 근데 참 이상하죠. 반주를 그만두면서 그 돈을 못 받게 되었을 때, 이제 모든 것이 제자리로 돌아왔다는 생각이 들기는커녕 저의 정당한 몫을 뺏긴 것만 같은 기분이 드는 거예요. 그러면서 막 섭섭해지고, 억울해지고, 뭐 그렇더라고요. 이런 저는…… 얼마나 나쁜 걸까요?"

그녀는 기지개를 켜며 일어났다. 그러고는 내 머리를 헝클어뜨리며 닫고 있던 말문을 열었다.

"아무렴 어때. 서울만 가면 되지."

1년 257일

오늘은 어버이날이라 엄마에게 낳아줘서 고맙다고 말했다. 나와 강희 사이도 아니고, 가는 게 있으면 오는 게 있어야 하는데 엄마는 전화를 끊을 때까지 태어나줘서 고맙다는 말을 해주지 않았다. 오늘도 약에 취한 건지 막 마취에서 깨어난 사람처럼 어, 그래, 어, 그래 소리만 반복할 따름이었다. 서운함을 뒤로 하고 나는 곧장 시청각실로 향했다. 병동간호사가 방으로 들어오더니 연구간호사가 시청각실에서 나를 기다린다며 얼른 가보라고 했기 때문이었다.

병실 두 개를 합친 크기의 시청각실에는 두 명의 연구간호사 말고도 곽세미 씨, 김영린 씨, 김인태 씨, 문창석 씨, 박순임 씨, 안하린 씨, 이필성 씨, 장소예 씨, 정태우 씨, 최민주 씨, 홍창기 씨가 먼저 와 자리를 차지하고 있었다. 그러니까 나처럼 임상시험에 참여하고 있는 열한 사람 전부가.

빈자리는 벽걸이 텔레비전에서 가장 멀리 떨어진 자리밖에 남아 있지 않았기 때문에 나는 거기 앉았다. 2.0이었던 시력이 어느덧 1.2까지 떨어지긴 했지만 크게 상관은 없었다. 어차피 오늘 틀어줄 영상도 시시할 게 뻔했으니까.

"미리 말씀을 못 드렸는데, 오늘은 시청각교육 때문에 모신 건 아니고요."

두 연구간호사는 모두 벽걸이 텔레비전을 등지고 서 있었는데 그 중 목걸이를 건 연구간호사가 한 발 앞으로 나서며 말했다.

"다들 아시겠지만, 여러분들께서 이 연구에 참여한 이후로 여러분들과 같은 병실을 쓰시는 분들로부터 불만의 목소리가 흘러나오고 있습니다. 예상 못한 건 아니지만 그래도 이 정도일 줄은 솔직히 저희도 몰랐습니다. 불만의 내용은 굳이 말씀드리지 않아도 다들 잘 아실 거라 생각합니다."

적어도 나는 알고 있었다. 내 대각선 맞은편 침대를 쓰는 허정술 씨만 해도 하루가 멀다 하고 자기는 한 달에 백만 원씩이나 들여서도 반 알씩밖에 못 먹는데 누구는 십 원 한 장 안 쓰고도 한 알씩 먹는다며 씨발 씨발거렸으니까.

"그래서 드리는 말씀인데, 아무래도 여기 계신 분들로만 따로 병실을 꾸렸으면 합니다. 시간이 흐를수록 사람들의 불만이 커지면 커졌지 줄어들지는 않을 테니까요. 또 저희 입장에서도 그렇게 하는 편이 여러분들을 케어함에 있어 훨씬 효율적일 것 같아서요. 해서 남자 병동 수간호사님과 여자 병동 수간호사님께 병실을 하나씩만 비워 주십사 부탁을 드리고 오는 길입니다. 두 분 다 다음 주 안으로 비워주시겠다고 하셨으니까, 가급적이면 그날 다 같이 병실을 옮겨주시면 될 것 같습니다."

"그리고 또 하나 말씀드리고 싶은 게 있는데요."

바통을 받듯 목걸이를 안 건 연구간호사가 한 발 앞으로 나서며 말을 이었는데, 자이복스, 그러니까 연구에 쓰이는 약을 주는 방식에도 변화를 주겠다고 했다. 병동간호사가 일반 결핵약에 보태서 여느 환자에게 주듯이 전달하는 종전의 방식에서 벗어나 앞으로는 그 약만을 따로 떼어 자신들이 직접 주겠다는 것이었다.

"말이 앞뒤가 안 맞잖아요."

홍창기 씨가 말했다.

"무슨 말씀이시죠?"

목걸이를 안 건 연구간호사가 말했다.

"아니, 같은 방 사람들 불만 때문에 우리를 한방에 모은다면서 자이복스는 왜 그쪽이 준다는 겁니까?"

목걸이를 안 건 연구간호사는 얼른 대답하지 못했고, 그 틈을 파고들며 정태우 씨가 말을 보탰다.

"툭 까놓고 말해서, 지금 우리 의심하는 거 아닙니까?"

"그건 또 무슨 말씀이신지······".

"몰라서 묻는 겁니까? 우리가 자이복스를 빼돌릴까 봐 그러는 거 아닙니까?"

목걸이를 안 건 연구간호사는 도로 말이 없어졌다. 하지만 침묵은 흐르지 않았다. 목걸이를 건 연구간호사가 재빨리 한 발 더 앞으로 나오며 다음과 같이 말했기 때문이었다.

"아니라고 말씀드리지는 못하겠네요. 약을 반만 먹고 나머지 반을 싼값에 몰래 파는 사람이 있다는 말이 병원 내에 돌고 있는 건 엄연

한 사실이니까요. 그렇다고 해서 여기 계신 분들을 의심한다는 건 아닙니다. 누군가 배가 아파서 퍼트린 헛소문이라고 생각합니다. 그러니 협조 좀 부탁드릴게요. 이래야만 여러분들도 이런 말도 안 되는 오해로부터 자유로울 수 있지 않겠습니까?"

이번만큼은 침묵이 제대로 흘렀다. 나머지 열한 명은 어땠는지 모르겠지만 적어도 나는 조금 시끄러웠다. 관자놀이쯤에서 겨우 정돈된 방이 도로 어질러지는 소리가 들렸기 때문이었다.

1년 262일

연구간호사가 방에 들어온 건 병동간호사가 방을 나가고 10분쯤 지나서였다. 바늘과 실처럼, 아니 바늘과 진공채혈관처럼 항상 붙어 다니는 그녀들이었지만 이번에는 한 사람만 왔다. 앞으로는 주말이나 공휴일에도 한 사람은 약을 주기 위해 잠깐이나마 출근을 해야 하기 때문에 나머지 한 사람은 평일인 오늘 집에서 푹 쉬는 중이라고 했다. 어쨌건 연구간호사가 우리 중 하나 앞에 섰다.

"다른 약들은 다 드셨죠?"

"네."

"식사는 많이 하셨고요?"

"네."

"따로 불편한 데는 없으시고요?"

"네."

문답이 끝나자 그녀는 입고 있는 가운 주머니에서 약봉지 하나를 꺼냈고, 손수 뜯어 약을 꺼낸 뒤에 우리 중 하나의 손바닥 위에 올려

놓았다. 그러고는 그 자리에 그대로 서서 우리 중 하나를 똑바로 쳐다
보며 말했다.

"지금 드세요."

그녀는 그 일을 네 번 더 반복했다. 그래서 그녀가 마지막으로 나
에게 왔을 때 나는 말 잘 듣는 다섯 어른들처럼 순순히 약을 입에 넣
을 수밖에 없었다. 그러니까 한 알 전부를.

1년 265일

한 알씩 먹은 지 오늘로 정확히 4일째, 점심때 병동간호사가 결핵과는 상관없는 약을 갖다 주었다. 그제는 밥이 잘 안 넘어가고 어제는 얼마 넘어가지도 않은 밥조차도 소화가 잘 안 되더니 오늘은 소화할 것도 없는 텅 빈 뱃속이 아파서 데굴데굴 굴러서였다. 약을 먹으니 배는 많이 좋아졌지만 배를 뺀 나머지는 별로 나아지지 않았다. 가슴은 여전히 답답했고, 머릿속은 여전히 어지러웠으며, 눈앞은 여전히 깜깜했다.

오늘은 일요일이었기 때문에 채시몬 신부가 미사를 집전하기 위해 이곳에 오는 날이었다. 그는 본당으로 돌아가기 전 내 방에 잠깐 들러 이번에도 파업에 들어간 줄 알고 바짝 쫄았다며 다음 주에는 침대 위가 아니라 피아노 앞에 앉아 있는 모습을 보면 좋겠다고 말했다. 그러면서 조심스럽게 엄마의 안부를 물었는데, 진심으로 궁금한 눈치였다.

"더 나빠진 것도 없지만 더 좋아진 것도 없대요. 약이 별로인가

봐요."

그러자 그는 엄마가 낫지 않는 탓을 약에게만 돌려서는 곤란하다
는 식으로 말했다. 요컨대 둘 다 가슴 속에 들었지만 마음은 폐와는
조금 달라서 거기에 달라붙은 병균을 씻어내기 위해선 약 혼자만의
힘으로는 부족하고 약과 엄마의 공동 노력이 필요하다는 것이었다.
틀린 말은 아니었지만 그렇다고 쉽게 동의할 수 있는 말도 아니었다.
적어도 내가 알고 있는 한 폐는 병든 마음 못지않게 공동 노력을 필
요로 했으니까. 그것도 다른 사람과의…….

그냥 피곤해졌기 때문인지 아니면 약 기운 때문인지 어쨌든 그가
가고 얼마 안 있어 나는 엄마와 강희를 번갈아 떠올리다가 까무룩 낮
잠이 들었다. 보통 이럴 땐 각각 나오거나 같이 나오거나 엄마와 강희
둘 모두가 꿈에 나오기 마련인데 이번 꿈은 엄마만 등장했다. 하지만
나는 강희도 볼 수 있었다. 왜냐하면 잠에서 깼을 때 강희가 침대맡에
서서 나를 내려다보고 있었기 때문이었다.

"잘 잤어?"

강희가 내게 말을 걸었다. 143일 만이었다.

나는 할 말이 하나도 생각나지 않았고, 그래서 아무런 대꾸도 하지
못한 채 천천히 몸을 일으켰다. 나와 한방을 쓰는 다섯 사람은 모두
산책을 나간 것일까 방에는 나와 그녀, 둘뿐이었다. 그녀가 다시 말했
다.

"너 코 골더라?"

"……"

"비행기가 지나가는 수준이던데?"

"……."

"근데 창가 자리네?"

"…… 아저씨들이 양보해줬어."

"착한 사람들이네. 하긴, 건강하면 착해지기도 쉽지. 난 문에서 제일 가까운 자리. 그래서 누가 문을 세게 열면 내 침대 모서리에 쿵 하고 부딪혀. 자다가 깬 적도 많아. 근데 뭐 어쩌겠어, 별관에서는 제일 고참이었지만 이곳에서는 제일 막내인걸."

강희는 그렇게 말을 좀 많이 하면서 제 발끝으로 내 침대 다리에 달린 바퀴를 찼다. 가볍게 툭툭 찼을 뿐인데도 나는 마치 바퀴가 돌부리에 부딪혀 균형을 잃은 마차에 타고 있는 것만 같았다. 그래서일까, 마치 몸이 앞으로 쏠리면서 입 안에 머금고 있던 사탕이 뱉어지듯, "미안"이라는 두 글자가 입 밖으로 튀어나왔다.

"미안?" 그녀가 말했다. "무슨 미안?"

"그러니까…… 병동간호사가 안 주고…… 연구간호사가 주고…… 안 가고 쳐다보니까…… 아무리 빼—"

"잠깐만! 스탑! 난 지금 네가 무슨 소릴 하는지 하나도 모르겠으니까 딱 거기까지만 말해줄래?"

나는 그녀가 시키는 대로 했다. 그러자 그녀는 마치 병동간호사가 이제는 자이복스를 뺀 나머지 약들만을 우리 여섯 사람에게 한꺼번에 나눠준 뒤에 여전히 방의 중심에서 그러는 것처럼 몸을 한 바퀴 빙글 돌리며 말을 이었다.

"근데 이 방은 티브이도 그렇고 침대 그렇고 다 새 거네. 역시 연구에 참여하는 귀하신 분들이라서 특별대우를 해주는 건가……."

나는 계속해서 말없이 내 하반신을 덮고 있는 이불을 만지작거렸고, 강희는 다시금 침대 다리를 툭툭 찼다.

"아무튼 내가 이렇게 찾아온 건 수녀님이 가보라고 해서야. 뭐, 나를 콕 집어 가보라고 한 건 아니지만 어차피 나도 본관에 사니까, 그래서 내가 한번 들러본다고 했어. 일단 내가 보기엔 멀쩡해 보이는데, 많이 아픈 건 아니지?"

나는 고개를 끄덕였다. 아니, 숙이기만 할 뿐 들어 올리지는 않았다.

"뭐, 그럼 됐네. 수녀님한테도 그렇게 전할게. 반주자 다시 안 구해도 될 것 같다고. 그럼, 가볼게."

나는 그제야 고개를 들어, 창밖을 보았다. 닫힌 창문에 비친 강희는 어느새 뒤돌아 문을 향해 걸어가고 있었다. 그러더니 닫힌 문 앞에 이르러 손을 문손잡이로 가져가면서도 고개만은 도로 내 쪽으로 돌리며 "참" 하고 말했다. "너 그 여자 기억나? 별관에 있던 미친 여자. 왜, 네가 우산도 씌워줬잖아."

나는 고개를 돌려, 고개를 끄덕여 보였다.

"그 여자가 예전에 그러더라. 자기가 있던 병원의 간호사들은 모두 못된 년들이라고. 왜냐고 물어보니까 뭐래는 줄 알아? 환자가 약을 삼켜도 그냥 가지 않고, 글쎄 혀까지 들어 올리게 한대. 혀 밑에 약을 감추지는 않았는지 확인한다고 말이야." 문손잡이를 잡아당기며 그녀는 덧붙였다. "그래도 이 방은 그렇게까지는 하지 않지?"

1년 266일

약 100일 만에, 아니 정확히는 106일 만에 그녀를 다시 훔쳐보았다. 피아노 뒤에 몸을 웅크린 채 바라본 강희는 더 이상 십자가를 향해 가슴을 내밀지 않았다. 곧장 제대로 가서 작은 종과 열쇠가 하나씩 매달린 고리를 챙겨 들고선 역시나 곧장 나무 금고로 향했다. 마지막으로 한 번 더 강희의 가슴을 보지 못한 건 인간적으로 아쉬웠지만, 십자가에 매달린 남자 또한 다시는 강희의 가슴을 보지 못할 거라고 생각하니 인간적인 아쉬움 따윈 눈 녹듯 사라졌다. 거기에 더해 그녀가 내 입 속에 들어갔다 나온 것을 먹는다고 생각하니 그 옛날 엄마가 뜨거운 음식을 자기 입에 넣어 식힌 후에 내게 주었던 장면이 떠올라 아쉬움이 녹아내린 자리가 마치 흰죽처럼 몽글몽글하고 따끈따끈해지기까지 했다.

그녀가 반쪽의 알약을 갖고 떠나고, 나는 한 10분쯤 후에 성당을 나왔다. 그곳은 이곳에서 가장 높은 곳. 반면 본관은 이곳에서 가장 낮은 곳. 가장 높은 곳에서 바라본 가장 낮은 곳에는 가장 강한 사람

하나가 가장 좁은 보폭으로 어두운 본관 앞마당을 가로질러 간호사실을 제외한 모든 방의 불이 꺼진 건물을 향해 걸어가고 있었다. 하늘에는 별도 없고 달도 없었다. 하지만 내가 지금껏 만나왔던 그 어떤 밤보다 밝은 밤이었다. 그리고 나는 이제 아무 곳도 아프지 않았다.

2년 8일

물똥을 싼 지 딱 일주일이 되었다. 몽정했을 때를 빼면 새벽에 몰래 팬티를 빨아보기는 오늘이 처음이었다. 자다가 나오는 방귀는 오후 5시 40분 이후로는 아무것도 안 먹고 자면 그만이지만 문제는 손발이었다. 그제는 젓가락을, 어제는 숟가락을 집다가 떨어뜨렸는데 오늘은 슬리퍼를 신은 채로 침대에 누웠다. 그걸 본 옆 침대의 문창석 씨가 "약 부작용 왔구나?"라고 해서 아니라고, 잠시 미국 애들 흉내를 내 봤을 뿐이라고 잡아뗐다. 하지만 문창석 씨는 안되는 영어로 외국 생활을 오래 한 탓에 눈치가 백 단이어서 속아 넘어가지 않았다. 그래서 나는 못 본 걸로 해달라고 부탁했다. 맨입으로 부탁했지만 그는 흔쾌히 들어주었다. 다만 이 정도 맹세는 덧붙여야 했다.

"아저씨가 제 손발 꼰지르시면, 저도 아저씨 눈 나빠진 거 의사선생님한테 다 말씀드릴 거예요. 이건 정말이에요."

2년 31일

오늘은 네 번째 주 금요일이었기 때문에 수술실 옆에 있는 '통증클리닉'에 가서 가서 시력검사를 받았다. 지난달에는 0.6 줄에 있는 자동차까진 확실히 보였는데 오늘은 0.5 줄에 있는 물고기도 희미하게 보였다. 그래서 지난달 그리고 지지난달 그랬던 것처럼 외워온 대로 대답했다. 그러니 공식적으로 내 시력은 1.2, 즉 일상생활을 하는 데는 아무 지장이 없다고 할 수 있었다. 이 연구를 위해 애쓰는 사람들에게는 매우 미안한 노릇이지만 나로서는 어쩔 수 없는 선택이었다. 언젠가 내 맞은편 침대를 쓰는 이필성 씨가 시험약을 먹고 난 후로 눈이 너무너무 안 좋아져서 이러다간 퇴원해도 마누라 얼굴도 못 알아보겠다며 어떻게 좀 해보라고 연구간호사를 붙들고 앓는 소리를 한 적이 있는데, 그 이튿날 이 연구를 책임지고 있는 아줌마 의사가 방으로 찾아와 이렇게 말했으니까.

"지금까지 제약사에서 수집한 사례에 따르면, 설사를 하거나 손발의 감각이 둔해지는 현상은 약을 끊으면 원상태로 돌아가는 가역적 현상이에요. 하지만 시력은 그렇지가 않아요. 복약을 중단해도 다시 나아지지 않는 불가역적 현상이라는 게 현재 그들이 내린 결론이에요. 그러니 여기서 시력이 더 떨어진다면, 그땐 저희로서도 환자분의 생명과 삶의 질을 모두 고려해서 복약을 중단하는 방향으로 갈 수밖에 없어요."

그러니 앞으로는 더 이상 보이지 않는 것에 대해 더 이상 섭섭해하지 않으며 살아가는 수밖에 없었다. 그날 이후로 언뜻언뜻 옆모습이나 뒷모습을 비칠 뿐 점점 건강해져 가는 그 앞모습만큼은 다시금 보여주지 않고 있는 그녀를 대하듯이 말이다.

2년 52일

오후에 침대에 앉아 김유정 씨의 이야기를 네 쪽쯤 읽다가 안톤 체호프 씨의 이야기를 여섯 쪽쯤 읽다가 프란츠 카프카 씨의 이야기를 다섯 쪽쯤 읽고 있는데, 그러니까 무엇 하나 제대로 읽지 않고 있는데 아줌마 의사가 나를 보러 왔다. 그녀는 내 침대에 걸터앉더니 자신과 나 사이에 놓인 내 친구들을 내려다보며 이 셋 중에서 누가 제일 잘 쓰냐고 물었다. 나는 그 옛날 채시몬 신부가 같은 질문을 던졌을 때와는 달리 이번만큼은 솔직하게 대답했다. 그러자 그녀는 상냥한 미소를 띠며 실은 자신도 그렇게 생각한다고 말했다. 그러면서 "어디 불편한 데는 없지?" 하고 물었고, 나는 이번에는 솔직함과 거리를 두며 고개를 끄덕여 보였다.

"다행이네. 다른 분들은 손발에 마비가 온다, 눈이 나빠진다, 부작용을 종종 호소하던데 넌 그런 게 하나도 없어서. 역시 당뇨도 없고 어려서 그런가?"

그녀는 그렇게 말하며 가운 주머니에서 두 번 접은 A4 용지를 꺼냈고, 이내 그것을 펼쳐 보며 말을 이었다.

"지난주에 피 검사한 거 있지? 대체로 정상으로 나왔어. 백혈구 수치가 약간 떨어지긴 했는데, 리네졸리드 성분 때문이라기보다는 사이클로세린 때문인 것 같으니까 크게 걱정할 필요는 없을 것 같고."

나는 그녀의 말을 경청하면서도 한편으로는 배에서 슬슬 보내오는 신호에 촉각을 곤두세웠다.

"오늘로 시험에 참여한 지 딱 1년 된 거 알지?"

나는 다시 고개를 끄덕이며 항문에 힘을 주었다.

"그래서 어제 주사위를 던졌어. 그 결과, 넌 2군에 선정됐고. 그러니 내일부터는 자이복스를 300밀리그램씩만 먹게 될 거야."

"⋯⋯."

"겁먹을 거 없어. 너도 알겠지만 돈을 주고 사 먹는 사람들도 균만 잡히면 그때부턴 다들 반 알씩만 먹잖아. 그 사람들 중에 균이 도로 나온 사람이 있다는 이야기 들어본 적 있니?"

한 번도 들어보지 못했기 때문에 나는 아무런 말도 하지 못했다. 아니, 수십 번 들어보았다 해도 달라지는 건 없었을 것이다. 마치 확인 사살이라도 하듯 그녀는 이렇게 덧붙였으니까.

"그리고 이럴 거 다 알고도 시험에 참여한 거잖아. 안 그래?"

나는 고개를 끄덕이려다가 그만 푹 숙여버렸고, 아줌마 의사는 그런 내 어깨를 툭툭 두드린 후에 지난 열한 달 동안 한 달에 한 번씩 그랬던 것처럼 이렇게 말하며 방을 떠났다.

"그럼 한 달 후에 또 보자."

하지만 그녀가 나를 또 보게 된 것은 불과 몇 초 후였다. 방문이 닫

힘과 동시에·내가 뒤쫓아 갔으니까. 둔해질 대로 둔해진 발의 감각과는 별개로 슬리퍼를 신는 것도 깜빡한 채로.

"그 반에서……" 배를 움켜쥐며 내가 말했다. "반만 먹으면 어떻게 되나요?"

"어? 그게 무슨 소리니?"

복도를 지나가는 병동 수간호사와 눈인사를 나누며 그녀가 되물었다.

"그러니까…… 남은 1년 동안…… 반의 반 알씩만 먹어도 완치될 수 있는지……."

"왜? 약 먹는 게 많이 힘들어?"

"그런 건 아니지만……."

"그런 게 아닌데, 그게 왜 궁금한 건데?"

"그건…… 그럴 수 있는 나이잖아요."

그녀는 피식 웃으며 두 손을 가운 주머니에 찔러 넣었다. 그러고는 내 얼굴을 찬찬히 뜯어보았다. 어쩌면 얼마 전부터 여드름이 돋아나기 시작한 그 얼굴에는 그녀가 지금껏 본 중에 가장 조마조마해하는 표정이 새겨져 있었을지도 몰랐다.

"왜?" 그녀가 말했다. "집에 가기 싫어?"

2년 61일

점심때쯤 채시몬 신부가 방으로 찾아와 그동안 즐거웠다며 악수를 청했다. 그는 그 특유의 친근한 말투로 사실은 성당에서 신도들을 모아놓고 인사를 할 때 그때 나한테도 하려고 했는데 지난주에 이어 이번 주에도 내가 반주봉사를 안 나왔기 때문에 이렇게 직접 내려왔다며, 다른 사람은 몰라도 나에게만은 꼭 작별 인사를 하고 싶었다고 말했다. 아픈 사람들을 두고 어딜 가느냐고 물으니 주교님이 시켜서 남해의 작은 섬마을로 간다고 했다.

"사랑도요?"

"아니, 사랑이 아니고 사량. 사량도."

그는 방을 나서며 만약 내가 1군에 선정돼 계속해서 한 알을 먹을 수 있었다면, 그래서 그 반쪽의 알약을 계속해서 강희에게 먹일 수 있었다면, 그럼으로써 강희를 볼 낯이 없어 성당에 가지 못하는 일이 일어나지 않았다면 충분히 알 수 있었을 사실도 가르쳐주었다. 자기는 다음 주에 섬으로 떠나지만 루치아나 수녀는 이미 지난주에 그녀가 몸담고 있는 수도회의 본부가 있는 로마로 떠났다는 사실을.

"건강하고."

그가 말했고, 나는 고개를 끄덕였다.

"공부도 열심히 하고."

그가 말했고, 나는 고개를 끄덕였다.

"그래, 그럼 잘 살아라."

그가 말했고, 나는 고개를 숙이고 좀 울었다.

그리고 밖으로 나와 좀 걷다 보니 어느새 테라스에 와 있었다. 테라스 가장자리에 놓인 두 개의 플라스틱 의자는 모두 비어 있었지만, 그럼에도 난간에 앉아 지하로 이어지는 경사로를 내려다보고 있었다. 그때 1층 출입문이 열리더니 매점 할머니가 하늘색 물통을 낑낑거리며 들고서 자판기를 향해 걸어왔다. 나는 일어나 그녀에게 힘이 되어주었다.

"처음 왔을 때는 안 들어주고 구경만 하더만 웬일이고."

"그때는 할 수 없었고 지금은 할 수 있으니까요."

"그게 다 저분 덕분인 거는 알고 있재?"

그녀는 그렇게 말하며 저 위쪽에 자리한 'ㅅ'자 지붕의 건물을 가리켰다. 그러니까 성당을.

"아니요. 저기 있는 분들 덕분이죠."

나는 대답하며 저 아래쪽에 자리한 평평한 지붕의 건물을 가리켰다. 그러니까 임상연구소를.

그녀는 빈 물통을 돌려 받았고, 나는 다시 앉았다. 다만 이번에는 두 개의 플라스틱 의자 중 한 곳에.

"근데 별관까지 웬일이고?"

동전통 속을 들여다보며 그녀가 말했다.

"제가 뭐, 못 올 데를 왔나요."

이제는 동전을 꺼내어 까만색 비닐봉지에 담기 시작하는 그녀를 보며 내가 대답했다.

"누가 못 올 데 왔다나. 여기는 균이 펄펄 날아다니니까 그러지."

"제 걱정은 안 하셔도 돼요. 세상에서 최고로 힘센 약을 먹고 있으니까요. 그러니까 할머니나 좀 조심하세요. 마스크도 제발 좀 끼고 다니시고요."

"됐다케라. 내사 답답해서 딱 싫다."

"그러다가 여기 사람들처럼 되면 어떡하시려고요."

"그러면 뭐, 약 먹으면 되지."

"저처럼 자이복스 말고는 아무런 약도 듣지 않으면요?"

그녀는 이번에는 얼른 대답하지 못한 채 자판기 문을 잠갔고, 이내 빈 물통은 거기 그대로 두고 까만색 비닐봉지만을 품에 안고서 내 옆에 와 앉았다. 그러고는 그녀답지 않은 낮은 목소리로 물었다.

"그게 얼마라고 했재?"

"반 알씩만 먹어도 한 달에 백만 원이요. 2년 동안 먹어야 하고요."

그녀는 한동안 성당이 있는 쪽을 바라보았다. 그러다 천천히 입을 열었다.

"내사…… 살 만큼 살았다."

그녀의 옆얼굴에 가 있던 시선을 그녀의 시선이 가 있는 곳으로 옮기며 내가 대답했다.

"부럽네요."

"…… 니는 내가 부럽나?"

이제는 그녀가 내 옆얼굴을 바라보았고, 나는 계속해서 성당이 있는 쪽을 바라보며 대답했다.

"네. 부럽네요. 자신이 만족할 만큼 산 사람이 얼마나 되겠어요."

그녀는 지하로 이어지는 경사로 쪽을 잠깐 보다가 다시금 성당이 있는 쪽을 바라보았고, 같은 방향을 향하고 있는 우리들 눈앞에 한 방울, 두 방울, 빗방울이 떨어지기 시작했다.

"할머니," 내가 말했다. "할머니는 사랑 같은 거 해보셨나요?"

"왜?" 그녀가 대답했다. "내는 곰보라서 그런 거 못 해봤을 거 같나?"

약간의 침묵이 흘렀고, 그 약간 사이에도 빗방울은 두 배 이상 커졌다.

"내도 해봤다. 해봤으니까 애들도 낳고 살았지. 문디 같은 게 애들 낳고 얼마 안 있다가 먼저 가버려서 그렇지."

"그럼 할아버지도 할머니 첫째처럼, 아내를 잘못 만나서 돌아가신 건가요?"

"…… 아이다. 그냥 암으로 죽었다."

약간의 침묵이 다시 흘렀고, 빗방울은 이제 자기 크기를 이겨내지 못하고 땅에 닿기도 전에 쪼개져 흩어졌다.

"그럼 만약 그때…… 할아버지를 살릴 수만 있었다면, 할머니의 목숨을 바칠 수도 있었나요?"

그녀는 나를 바라보았다.

"있지." 그리고 덧붙였다. "그것도 못 하면 그게 어디 사랑이가."

2년 63일

'기다릴게'

낮잠에서 깨어보니 그렇게만 적힌 종잇조각이 베개 옆에 놓여 있었다. '언제'도 '어디에서'도 그리고 '누가'도 쓰여 있지 않았지만 나는 어렴풋이 알 수 있을 것 같았고, 그래서 그 '언제'가 찾아오자 그 '어디'로 찾아갔다.

"왔네……."

그리고 이렇게 말하는 그 '누가'가 앉아 있는 맨 앞줄의 긴 의자까지 될 수 있는 한 천천히 걸어갔다.

"우산도 안 쓰고 온 거야? 감기라도 걸리면 어쩌려고."

나는 선 채로 고개를 숙여 머리에 묻은 물기를 털어냈다. 그러고는 고개를 숙인 채로 그녀가 앉아 있는 긴 의자를 툭, 툭툭 찼다. 마치 지난날 내가 앉아 있던 침대에 그녀가 그랬던 것처럼. 마치 그 세 번의 작은 울림이 '옆 침대 아저씨가 안 자는 바람에 화장실을 가는 척하고 나오느라 우산을 챙길 수 없었어. 하지만 이 정도 비에는 끄떡없어'라는 의미를 담은 모스부호라도 되는 것처럼.

"계속 그렇게 서 있을 거야? 나, 목 아픈데."

나는 그녀의 건너편에 가 앉았다. 그럼으로써 우리는 폭이 1미터쯤 되는 중앙 통로를 사이에 두고 오른쪽에 놓인 긴 의자의 맨 왼편과 왼쪽에 놓인 긴 의자의 맨 오른편에 두 그루의 나무처럼 자리했다. 둘 다 각자의 앞을 바라보면서.

"참, 너 그 소식 들었어?" 그녀가 말했다. "본당에서 여기 지원을 확 줄이기로 했나 봐. 육만 원도 이젠 안 주고, 미사도 중요한 축일 때만 아예 교구청에서 신부님을 한 명씩 보내주실 건가 봐. 나머진 새로 오신 수녀님이 약식으로 대충 진행하실 것 같던데……. 너, 새로 온 수녀님 만나 봤어?"

나는 고개를 저었다.

"이름은 나랑 비슷한 마리아 도미니카인데, 참, 너 내 세례명이 도미니카인 거 모르지? 그냥 도미니카."

나는 다시 고개를 저었다.

"모른다고?"

나는 또다시 고개를 저었다.

"안다고?"

나는 고개를 끄덕였다.

"아, 아는구나. 역시……. 아무튼 이탈리아에 있다가 오셨다나 봐. 루치아나 수녀님이 가신 곳 말이야. 루치아나 수녀님 이탈리아 간 건 알지?"

나는 다시 고개를 끄덕였다.

"원래 내 꿈이 유럽 일주 한번 해보는 거였는데. 그중에서도 가장 가보고 싶은 곳은 이탈리아였고……. 내가 이 이야긴 안 했지?"

나는 또다시 고개를 끄덕였다.

"아무튼 이탈리아에 공짜로 가는 방법은 축구를 잘하거나 피아노를 잘 치는 방법뿐이라고 생각했는데 이제 보니 하나가 더 있더라고. 나도 이참에…… 수녀나 돼 볼까?"

나는 고개를 젓지도 끄덕이지도 않았다. 그러자 지금까지와는 방향이 전혀 다른 질문이 날아들었다.

"이게 몇 개로 보여?"

나는 고개를 돌렸고, 그녀는 나를 향해 브이 자를 그린 제 손가락을 흔들어 보이고 있었다.

"…… 두 개?"

나는 보이는 대로 말했고, 그녀는 약간은 실망한 듯한 눈빛으로 다시 물었다.

"신부님이 그러던데, 너, 신부님한테 안경 한 번만 껴보자고 했다면서?"

"……."

"다른 건 몰라도 눈은 약을 끊어도 다시 좋아지지 않는다고 하던데……."

나는 고개를 도로 돌렸고, 곧장 떨궜다.

"나중에 사람도 못 알아보면 어쩌려고……."

"…… 상관없어." 나는 주먹을 쥐었다. "한 사람만 알아볼 수 있으면."

"…… 누구?"

"…… 엄마."

침묵이 흘렀다. 한 송이 클로버가 가벼운 바람과 함께 문을 열고 들어와 그녀와 나 사이에 마치 오솔길처럼 자리한 중앙 통로를 따라 우리가 있는 곳까지 굴러올 수 있을 정도의 시간만큼.

"예쁘셔?"

"…… 어."

"나보다 더?"

다시 침묵이 흘렀다. 떼 내어진 세 개의 잎이 이제는 이곳이 갑갑하다는 바람에 떠밀려 왔던 길을 되돌아갈 수 있을 정도의 시간만큼.

"사실 내가 널 보자고 한 건, 너에게 꼭 물어보고 싶은 게 있어서야."

나는 침묵을 지켰고, 그녀는 덧붙였다.

"왜, 작년 크리스마스이브 날, 네가 여기서 나한테 그랬잖아. 죽지 말라고. 그 마음, 아직 변함없어?"

나는 계속 침묵을 지켰고, 그녀는 의자에서 일어났다. 그러고는 비유의 오솔길을 훌쩍 넘어 내게로 와서는 나를 옆으로 아주 살짝만 밀어내며 앉았고, 그러자 그녀의 왼쪽 면과 나의 오른쪽 면이 달라붙음으로써 두 그루의 나무 같았던 우리가 이제는 하나의 일회용 나무젓가락처럼 자리했다.

"응? 말해봐." 좁아진 거리에 알맞게 작아진 목소리로 그녀가 다시 말했다. "아직도 내가 안 죽었으면 좋겠어?"

나는 고개를 들어 내가 볼 수 있는 가장 먼 지점을 바라보았다. 그래봤자 그것은 제단 맨 뒤편에 걸려 있는 십자가에 불과했다. 그것의 테두리에서는 언제나처럼 달빛같이 은은한 노란 불빛이 퍼져 나오고 있었고. 그런데 어째서일까 이번만큼은 한낮의 햇빛처럼 눈부셨다.

"울어?"

"울긴 누가……."

나는 주먹으로 두 눈을 문지르며 고개를 도로 떨궜다. 끄트머리에 물방울이 매달린 잎사귀도 아니면서 그러고 있는 나에게 그녀의 질문이 다시 날아들었다.

"너, 이 병의 가장 나쁜 점이 뭔지 알아?"

이 질문만큼은 나는 그 답을 확실히 알고 있었다. 답은 시간이 너무 느리게 흐른다는 것이었다. 우리가 두 번째로 말을 주고받았던 작년 1월 1일 아침에, 그러니까 662일 전에 자기 입으로 그랬으니까. '시간이 너무 느리게 흐른다는 거야. 너무 느리게 흐르니까, 자꾸 희망을 품게 되거든. 차라리 암이라면 깨끗이 도려내든지 아니면 깨끗이 단념이라도 할 텐데 말이야'라고.

"시간이 너무 빠르게 흐른다는 거야. 너무 빠르게 흐르니까, 가슴 안에 들어 있는 것 중에선 폐 말고는 신경을 잘 못 쓰게 돼. 그러니 자기 마음이 어떻게 변해가고 있는지 잘 느끼지 못하는 거지."

"……."

"건수야, 나 좀 볼래?"

나는 시키는 대로 했다. 동시에, 종소리가 들렸다.

"알고 보니 내가 널 사랑하고 있더라고." 손등으로 제 입술을 훔치며 그녀가 말을 이었다. "그래서 말인데, 만약 내가 너라면 말이야, 뭐

물론 이런 가정이 아무런 의미가 없다는 건 알고 있지만 말이야, 아무튼 내가 너라면 말이야……. 나는 나를, 그러니까 내가 사랑하는 사람을 말이야……. 끝까지 지킬 거야. 내가 비록 집에 조금 늦게 가는 한이 있더라도 말이야."

나는 아무 말도 하지 못했다. 무슨 말을 해야 좋을지 몰랐기 때문이었다. 하지만 알았다고 해도 말을 하지는 못했을 것이다. 또다시 그녀의 입술이 내 입을 막았으니까. 다만 종소리는 더 이상 들리지 않았다. 물기를 되찾은 기관지가 부지런히 밀어 올리는 그녀의 잔잔한 목소리가 내 가슴 안에 들어 있는 거의 모든 것에 거친 물결을 일으킬 따름이었다.

"비웃어도 상관없어. 내가 아는 사랑은 그런 거니까. 그리고 우리 있잖아, 앞으론 아는 척 좀 하고 살자. 네 마음은 내가 잘 모르겠지만, 그래도 네가 전에 한 말도 있고, 그렇다면 못해도 친구 사이는 되는 거잖아, 응?"

나는 고개를 떨궜고, 그녀는 일어섰다. 그러고는 내 머리를 헝클어뜨리더니 앞으로 걸어가기 시작했다. 이윽고 그녀는 세 개의 계단을 올라가 제대 곁에 섰고, 작은 종과 열쇠가 하나씩 매달린 고리를 집어 들었고, 나무 금고를 열었고, 손을 넣었다. 그런 다음 내 쪽을 바라보며 작고 동그랗고 납작한 빵을 입에 넣었다. 마치 잘 보라는 듯이.

"너도 줄까?"

"……."

"아, 맞다. 넌 이런 거 안 먹어도 되지."

그녀는 나무 금고를 닫았고, 작은 종과 열쇠가 하나씩 매달린 고리를 제자리에 두었고, 계단을 내려왔다. 그러고는 뒤돌아 다시금 제단 쪽을 바라보며 바닥에 무릎을 꿇었다.

"미안한데, 눈 좀 감아줄래?"

나는 시키는 대로 했다. 그러자 감은 눈 안에서 하나, 둘, 셋, 넷, 푸른색 줄무늬 윗옷의 단추가 풀리고, 커튼이 열리듯 윗옷이 열어젖혀지는 풍경이 눈앞에 그려졌다. 이어서는 단지 작기 때문일까 아니면 안에 들었을 절실함이 무겁기 때문일까 십자가에 매달린 남자의 음침한 눈빛을 조금의 흔들림도 없이 견뎌내는, 아무것으로도 가려지지 않은 그녀의 가슴들이 보다 선명히 그려졌다.

"이제 떠도 돼."

나는, 시키는 대로 하지 않았다. 그러자 한 걸음, 두 걸음, 세 걸음, 네 걸음 발소리가 들려왔고, 그 소리는 기차가 쓸모없어진 간이역을 정차하지 않고 통과하듯 내 옆을 스쳐 점점 멀어져갔다. 그녀는 나를 혼자 남겨두고 밖으로 나가는 것이었다. 마치 나로 하여금 세상에서 가장 흔들리기 쉬운 장소에서 혼자서만 생각할 시간을 가질 수밖에 없도록 만들려는 듯이. 십자가에 매달린 남자에게는 가닿지 않고 나에게만 겨우 들릴 정도의 작은 목소리로 이렇게 덧붙이며.

"아, 죽기 싫다."

2년 130일

177센티미터가 되었다. 몸무게는 화장실을 다녀오고도 지난달보다 2킬로그램이 늘었다. 지구가 태양 주위를 돌 듯 본관을 한 바퀴 도는 데 걸리는 시간은 3분 10초에서 3분 30초 사이. 하지만 오늘은 이곳이 특별한 일이 없는 한 올해 여름방학이 끝나면 가게 될 학교 운동장이라는 마음으로 돌았고, 꼭 그런 이유 때문은 아니겠지만 10바퀴를 30분에 주파했다. 그리고 꽁꽁 언 몸을 녹이기 위해 방으로 돌아와 보니 핸드폰에 부재중 전화가 찍혀 있었다. 침대 위로 올라가 이불로 다리를 푹 덮고서 통화 버튼을 눌렀다.

"형?"

새엄마가 아니었다.

"네가 전화한 거야?"

"아니야, 엄마가 했어."

"엄마는?"

"똥 싸."

"다 싸면 다시 전화하시라고 해."

"형?"

"왜."

"아직도 방학이야?"

"…… 그렇다, 왜."

"아직도 아파?"

"이젠 별로 안 아파."

"형."

"아, 왜."

"형은 아빠 보고 싶어?"

"뭐래, 갑자기."

"안 보고 싶어?"

"아, 몰라."

"그걸 왜 몰라?"

"모르니까 모르지."

"학교를 안 다녀서 그래?"

"아, 몰라, 인마. 네 엄마 똥 언제 다 싼대?"

"그건 나도 몰라. 근데 형, 우리 엄마 똥 싸다 자꾸 울어."

"왜?"

"몰라. 똥 싸는 게 힘든가 봐."

"바보야, 사는 게 힘들어서 그런 거야."

"그럼 형도 울어?"

"내가 왜 울어. 공짜로 먹여주고 재워주고…… 약도 주는데."

"형."

"왜."

"나, 여자 친구 생겼다."

"어디서?"

"어디긴 어디야, 학교지."

"같은 반?"

"아니. 나는 1반, 걔는 2반."

"잘해줘."

"잘해줘. 근데 가끔씩 짜증 나게 해."

"어떻게?"

"아빠 자랑을 해."

"…… 나쁜 계집애네."

"아니야! 착해! 형 그렇게 말하지 마."

"꼴에 여자 친구라고 실드치냐?"

"실드치는 게 뭐야?"

"뭐긴 뭐야, 지켜준다는 거지."

"그럼 형은 사랑하는 사람 안 지켜줘?"

"…… 너네 엄마 똥 언제 다 싼대?"

"어! 다 쌌다."

건우의 말처럼 수화기 저편에서 변기 물 내려가는 소리가 들렸고, 이내 새엄마가 전화를 바꿔 받았다. 새엄마는 물기를 잔뜩 머금은 목소리로 나의 안부를 물었다. 나는 되도록 담백한 목소리로 마음을 뺀 나머지 것들의 상태에 대해 얘기해주었다. 그러자 새엄마는 네 아빠처럼 죽지 않아도 돼서 참 다행이라고, 다만 네 엄마는 좀 걱정이라고 말했다. 그러면서 내게 물었다. 엄마가 그때 왜 그런 결정을 내렸는지 아느냐고. 나는 내가 아는 대로 말했다. 엄마의 꿈은 작가가 되는 것이었고, 그런데 내가 돈이 아주 많이 있어야만 안 죽을 수 있는 병에 걸림으로써 엄마의 그 순수했던 꿈은 반드시 이루어야만 하는 의무로 변질되었고, 엄마가 열심히 노력한 끝에 알아낸 바로는 자신은 작가라는 꿈은 이룰 수 없는 사람이었고, 그래서, 그래서, 나한테 미안해서 그런 결정을 내린 것 같다고.

"틀렸어." 새엄마가 말했다. "그게 그렇지가 않아. 아, 진짜, 엄마 통화하는 거 안 보여? 좀 이따 조립해줄 테니까 저리 좀 가 있으라니까 그러네. 실은, 네 엄마 부탁으로 너네 집에 갔었다. 방 하나짜리 옥탑방 말이야. 네 엄마가 책이랑 공책을 좀 갖다 달라고 했거든. 노트북은 반입이 안 된다고 하더라고. 그래서 갔었지. 너도 알겠지만 너희 집 방에는 침대는 없어도 책상은 하나 있잖니? 거기 네 엄마가 갖다 달라고 한 스프링 노트랑 책이 있더라. 세 권이었는데, 카프카랑 체호프 그리고 누구였더라, 탤런트랑 이름이 같았는데……. 그래, 김유정. 아무튼 다 챙겨서 나오려는데 책상 구석에 놓여 있는 노트북이 눈에 들어오더라. 왜, 사람이란 게 그렇잖니. 집에는 나밖에 없어, 아무도 들어오지 않을 게 확실해, 시간은 충분해. 누구든 그런 상황에 놓이게 된다면 그것을 열어서 안에 뭐가 들었는지 한번 확인해보고 싶지 않겠니? 해봤지. 비밀번호는 쉽더라. 지이오엔 에스오오. 이 새엄마가 대학은 안 나왔지만 네 이름 정도는 영어로 쓸 수 있거든. 뭐, 우리 건우 이름에서 더블유를 에스로 바꾼 것일 뿐이지만. 아무튼 해봤는데,

네가 더 잘 알겠지만 소설이 들었더라. 제목이 뭐였더라……. 그래, 사람의 몸과 예수의 마음. 아, 아니다, 바뀌었다, 예수의 몸과 사람의 마음. 그래, 이게 맞아, 예수의 몸과 사람의 마음. 솔직히 말해서, 재미 없더라. 잘 썼는지도 잘 모르겠고. 특히나 폐렴에 걸린 여자를 위해서 신부라는 작자가 성체를 가져와 죽을 쑤는 장면은 뭐랄까……. 넌 그게 말이 된다고 생각하니? 아무리 소설이 쓰는 사람 맘대로 꾸며대도 되는 이야기라고 해도 그렇지, 그래도 그건 좀 아니지 않니? 요즘 세상에 좋은 약이 얼마나 많은데. 그리고 신부라면 대학도 나온 사람일 텐데 우리 건우도 하지 않을 짓을……. 그래서 뭐, 읽다 말았다. 대신, 다른 걸 읽었지."

나는 핸드폰과 귀 사이의 각도를 좁혔다.

"편지 말이야. 그게 편지인지 어떻게 아냐고? 소설이란 걸 알았을 때랑 같아. 폴더 이름이 편지였거든. 근데 소설이랑 다르게, 참 많더라. 다른 사람한테 쓴 것도 있고 자기한테 쓴 것도 있고, 그리고…… 네 아빠에게 쓴 것도 있고. 죽은 네 아빠 말이다. 건수야, 넌 잘 모르겠지만 이 새엄마는 네가 생각하는 것보다 훨씬 똑똑한 여자란다. 문서정보란 곳에 들어가면 그 글을 언제 작성했는지 알 수 있다는 것 정도는 알고 있단다. 네 아빠가 그곳에 있을 때더구나. 참 많이도 보냈더구나. 참 많이도 보냈으니 얼마나 많은 말을 했겠니. 안 그렇겠니? 근데 그중에서 이 새엄마를 가장 슬프게 만든 문장이 뭔지 아니? '노트북이랑 프린터 고마워'였다. 그래, 거기 있던 그 노트북, 그리고 그 프린터, 죽은 네 아빠가 사준 거더라. 처음엔 내가 보내준 용돈을 안 쓰고 모아서 사준 줄 알았다. 사실 그랬다면 기분은 더러웠겠지만 이렇게까지 비참하지는 않았을 거야. 근데 그 돈……. 혹시 너도 알고 있니? 네가 있는 곳에 있다는 성당 말이다, 무슨 놈의 성당이 신도들한테 돈을 받아 가지는 못할망정 도리어 나눠준단 말이니. 그것도 한 달에 육만 원씩이나 되는 돈을 말이다. 내가 그렇게 교회 한 번 같이 가자고 해도 죽어도 안 가주던 양반이 그곳에선 그 걷기 힘든 몸을 이끌고 잘도 다녔더구나. 어이가 없어서, 정말. 그리고 그 돈을 모으고 모아……. 넌 이게 말이 된다고 생각하니? 김건우, 너 정말 엄마 말 안 들을 거야? 엄마가 좀 이따 해준다고 했어, 안 했어? 듣고 있니? 그래, 듣고 있구나. 내가 어디까지 얘기했더라. 그래, 맞아, 누구는 뭐, 원해서 건우를 가졌니? 사랑하다 보니까 그렇게 된 건데, 그게 그렇게 잘못된 거니? 그게 그렇게 죽을죄니? 어디 한 번 말 좀 해봐라. 그게 이렇게 똥도 한 번 속 시원히 못 쌀 만큼 힘들어 해야 할 죄니? 네 아빠가 어떻게 나한테 이럴 수가 있니? 어떻게 사람이…… 아니다. 그만하자. 다 됐고, 너, 네 엄마한테서 편지 받았지?"

나는 핸드폰을 반대쪽 귀로 옮겼다.

"어떻게 아냐고? 너한테 쓴 것도 하나 있었거든. 그것도 폴더 속이 아닌 바탕화면에 덩그러니. 우선 미안. '아들, 엄마야'라고 시작해서 처음엔 같은 엄마 입장에서 그건 안 읽어보려고 했는데, 그 다음다음 줄에 전화로는 하기 싫은 말이 있어서 편지를 썼다고 하니까 엄마이기 이전에 사람이다 보니까, 사람이 참 그렇잖니, 안 읽어볼 수가 없었어. 네 엄마, 대단하더라. 네 엄마 글이 안 뽑히는 이유가 신이 네 엄마 글을 안 좋게 봐서라는 네 엄마 말은 네 엄마 글을 읽어본 입장에서 솔직히 하나도 인정이 안 되지만, 그래도 같이 일하면서 애 키우는 입장에서 나는 네 엄마 그래, 솔직히 인정한다. 근데, 건수야, 그건 그거고, 너 혹시 그거 아니? 네가 모르는 것도 있더라. 실컷 써놓고 보내지 않은, 조금 다른 편지가 말이야. 아니지, 정확히 말하면 조금 다른 편지가 아니라 조금 더 긴 편지겠지. 그러니까 '엄마가 너에게 말을 안 한 게 하나가 있는데'랑 '그때 혼자 가게 해서 미안해' 사이에 빈 줄이 아니라 그때 너를 혼자 보낼 수밖에 없었던 이유로 이루어진 몇 줄이 자리 잡고 있는 편지가 말이야. 그건 또 어떻게 아냐고? 남의 노트북을 뒤지는 사람이 남의 휴지통인들 못 뒤지겠니. 아, 물론 진짜 휴지통을 말하는 거야. 왜, 네 엄마 커다란 책상 밑에 종이만 버리는 휴지통 있잖니, 꼭 우산꽂이처럼 생긴 거. 아무튼 네 엄마가 휴지통에 버린 것 대신에 바탕화면에 있던 걸 뽑아서 보낸 건 확실한 것 같구나. 만약 휴지통에 있는 거랑 같은 걸 보냈다면, 그러니까 휴지통에는 있고, 네 잘난 아빠가 사준 노트북에는 없는 그 삭제된 몇 줄을 네가 봤다면, 그랬다면 아까 내가 너한테 네 엄마가 왜 그런 결정을 내린 것 같냐고 물었을 때 네 대답은 달랐을 테니까. 그래서 말인데, 이 새엄마가 다른 건 몰라도 이거 딱 두 개만큼은 말해주고 싶네. 네 엄마, 네 아빠랑 한 번만 헤어진 건 아니라는 거. 그리고, 그래놓고 네 엄마, 적어도 네 아빠가 죽지만 않았어도 그런 결정까지는 내리지 않았을 거라는 거."

나는 핸드폰과 귀 사이의 각도를 벌렸다.

"아무튼 이 새엄마는 네 엄마가 해달라는 대로 다 해줬다. 책도 갖다 주고 공책도 갖다 줬으니까. 네 엄마, 그래도 좋아 보이더라. 약이 좋긴 좋은가 봐. 실은 이 말하려고 전화했어. 네 엄마, 그래도 좋아지고 있다고. 근데 네 목소리를 들으니까 갑자기 그때 생각이 나서 나도 모르게 할 말 안 할 말 다 해버리고 말았네. 이해해주렴. 우리 어른들도 결국 나이 먹은 소년 소녀일 뿐이니까. 알았어, 알았어, 해줄게, 해줄게. 그래, 건수야, 이제 그만 끊어야겠다. 끊기 전에 새엄마한테 할 말은 없고?"

나는 말했다.

"새해 복 많이 받으세요."

"그래, 너도 새해 복 많이 받아라. 그럼 이제 열일곱이겠구나?"

"…… 열여덟이요."

"정말? 시간도 참 빠르구나. 네가 이제 어른이라니……."

전화를 끊고 나는 뜨거워진 머리를 식히기 위해 다시 밖으로 나갔다. 그런데 차가운 바람만으로는 잘 식혀지지 않았고, 그래서 다시 걸었다. 본관은 이미 열 바퀴나 돌았기 때문에 본관은 이제 그만 돌고 싶었다. 하지만 나는 본관을 다시 돌았다. 왜냐하면 별관에는 갈 수 없었기 때문이었다. 그곳에는 그녀가 있었으니까. 균이 다시 나옴으로써 되돌아갈 수밖에 없었던 그녀가 있었으니까. 약 아홉 달 동안 다만 밥 한 알이라도 사 먹을 수 있게끔 그녀를 도와주던 그녀의 먼 친척이 두 달 전부터 경제적 이유로 지원을 끊었다고는 하는데, 그건 어디까지나 그녀의 말일 뿐 실은 그 먼 친척이라는 자는 먼 친척이 아니라 가깝고도 은밀한 관계의 성인 남성이고, 그 남성의 마음이 그녀를 떠남으로써 자동 그녀에게 제공되던 금전적 지원 또한 끊겼다는 소문에 둘러싸인 채.

2년 140일

평소와 다름없는 아침, 평소와 같은 시간에 연구간호사가 방에 들어와 한 사람 한 사람 약을 주기 시작했다. 평소와는 반대로 시계 방향으로 주었는데, 첫 번째로 내 맞은편 침대의 김인태 씨에게, 두 번째로 그 옆 침대의 문창석 씨에게, 세 번째로 그 옆 침대의 정태우 씨에게, 네 번째로 그 맞은편 침대의 홍창기 씨에게, 다섯 번째로 그 옆 침대의 문창석 씨에게, 그리고 끝이었다. 대신 나에겐 따로 할 말이 있으니 잠깐만 밖으로 나가자고 말했다. 나는 그곳이 복도이겠거니 생각했기 때문에 파카를 챙겨 입지 않았고, 그래서 본관 앞마당에 놓인 벤치에 앉았을 땐 연신 팔을 비벼야 했다.

"그러게, 뭐라도 좀 걸치고 나오지."

연구간호사는 그렇게 말하며 가운 주머니에서 약봉지를 꺼냈다. 그러고는 반쪽짜리 하나가 들어 있는 그것을 살짝 흔들어 보이며 덧붙였다.

"오늘 내가 이걸 왜 안 줬는지 혹시 알고 있나요?"

나는 어깨를 웅크리며 고개를 가로저었다.

"짐작 가는 것도 없고?"

나는 고개를 까딱해 보였다.

"하나도?"

"…… 부작용?"

"부작용? 부작용이 있어요? 그런 거 없다고 했잖아?"

그녀의 목소리가 살짝 높아졌고, 나는 그녀가 보는 앞에서 양손을 오므렸다 폈다를 반복했다.

"왜? 손에 감각이 둔해진 것 같아요?"

같은 톤으로 그녀가 다시 말했고, 나는 이번에는 뒤꿈치를 땅에 붙인 상태로 자동차 와이퍼처럼 발을 좌우로 계속 움직였다.

"설마 발도?"

나는 고개를 까딱해 보였다.

"언제부터?"

"열 달……."

"뭐? 열 달? 아니, 근데 그걸 왜 지금 말해요?"

"반 알로…… 줄일까 봐……."

"아무리 그래도 그렇지 참 나……. 그래서? 한 알 먹을 때에 비해서 지금은 좀 괜찮아졌고?"

나는 이번만큼은 아무런 말도 아무런 몸짓도 하지 않았고, 그러자 그녀는 부작용에 대해선 더 이상 질문하지 않았다. 대신 다른 것에 대해 질문했다.

"혹시 약을 나눠준 적이 있나요?"

나는 내 의지와는 상관없이 한순간에 커져 버린 눈으로 그녀를 쳐다보았다.

"그러니까 한 알씩 먹을 때," 그런 내 눈을 똑바로 바라보며 그녀가 말을 이었다. "그걸 반으로 쪼개서 누군가에게 나눠준 적이 있나요?"

"……"

"말해 봐요. 있나요, 없나요?"

나는 말은 않고 고개를 가로저었다.

"정말 없나요?"

이번에도 말은 않고 고개를 끄덕였다.

"좋아요. 딱 한 번만 더 물을게요. 그러니 잘 생각해 보고 이번만큼은 말로 답해줘요. 정말로, 없나요?"

"…… 네"라는 말과 함께 나는 한 번 더 고개를 끄덕였고, 아니 숙였고, 그녀는 약봉지를 주머니에 도로 넣었다. 그러고는 이번에는 핸드폰을 꺼내어 어딘가로 전화를 걸었고, 이내 이렇게 말했다.

"아니라는데요, 교수님. 네, 교수님. 네, 교수님. 네, 지금 같이 있어요. 아니요, 밖에 나와서 벤치에 앉아 있어요. 아니요, 아니요, 연구소 쪽 말고 은행나무 쪽이요. 네, 맞아요, 별관에서 터널로 내려오면 정면으로 보이는 데요. 네, 교수님. 네네, 알겠습니다."

통화를 마친 그녀가 내게 말했다.

"미안한데, 우리 여기 조금만 더 앉아 있을래요?"

우리는 10분 가까이 그렇게 했다. 그녀는 이따금 낙엽을 툭툭 차며 하늘도 보고 나무도 보고 그 둘을 오가는 새들도 보았고, 나는 어깨를 좀 더 웅크린 채로 내내 땅만 보았다. "저기 오네" 소리가 그녀의 입에서 나올 때까지.

고개를 들자, 저 멀리서 세 사람이 우리를 향해 걸어오고 있었다. 이제는 친구들을 가까이할 수 없을 정도로, 그러니까 프란츠 카프카 씨와 안톤 체호프 씨와 김유정 씨의 책을 읽기 힘들 정도로 나빠진 눈이었지만 나는 세 사람을 어렵지 않게 알아볼 수 있었다. 맨 왼쪽에 있는 사람은 의사 가운을 입고 있었고, 맨 오른쪽에 있는 사람은 내 옆에 앉은 연구간호사와 같은 가운을 입고 있었으며, 마지막으로 가운데 있는 사람은 나와 같은 흔하디흔한 푸른색 줄무늬 환자복을 입고 있었지만 그 몸의 형태와 걷는 모양으로 볼 때 내가 잘 아는 사람이었기 때문이었다.

이윽고 세 사람이 우리 앞에 멈춰 섰다. 동시에 내 옆에 있던 연구간호사가 일어나 세 사람 곁으로 갔고, 그렇게 네 사람이 내 앞에 우뚝 섰다.

"아니래요?"

넷 중 한 사람이 말했다.

"네, 끝까지 아니라네요."

나머지 셋 중 한 사람이 말했다.

"그럼 둘 중 하나는 거짓말을 한다는 거네."

남은 둘 중 한 사람이 말했다.

"난 아니에요. 쟤가 하는 거지."

마지막 한 사람, 강희가 말했다.

"그 말을 어떻게 증명하죠? 그 흔한 문자메시지 하나 없잖아요?"

강희를 뺀 셋 중 한 사람이 말했다.

"그거야…… 말하지 않아도 알 수 있었으니까 그렇죠."

"말하지 않아도 알 수 있었다? 그러니까 굳이 말하지 않아도 누가 약을 됐는지, 또 누가 약을 가져갔는지 알 수 있었다……. 내가 제대로 이해한 거 맞나요?"

"몇 번을 말해요."

"몇 번을 말하더라도 짚고 넘어가야 할 건 분명히 짚고 넘어가야죠. 그렇지 않겠어요?"

강희는 얼른 대꾸를 하지 못한 채 나를 내려다보았다. 그리고 말했다.

"네가 말해봐."

"……."

"말해보라고. 나한테 약 줬어, 안 줬어?"

나는 그제야 고개를 들어 그녀의 얼굴을 똑바로 쳐다보았다. 그녀의 엄마가 죽던 날 지하로 이어지는 경사로에서 처음 봤을 때도 그랬고, 우리의 이름 앞 글자를 하나씩 따서 '건강'이라는 이름을 고양이에게 붙여주던 날 성당 뒤뜰에서 봤을 때도 그랬고, 겨울비라 불러야 할지 봄비라 불러야 할지 알 수 없던 이월의 마지막 비이자 삼월의 첫 비가 내리던 날 별관 테라스에서 루치아나 수녀와 같이 봤을 때도 그랬고, 임상시험에 관한 소문이 돌기 시작하던 날 매점에서 쉰이 넘은 세 사람과 서른네 살 수남 씨와 같이 봤을 때도 그랬고, 반쪽의 알약을 사이에 두고 예배당에서, 내 방에서, 그리고 다시 예배당에서 단둘이 봤을 때도 그랬고, 지금도…… 예뻤다. 나는 천천히 고개를 떨구며, 보다 천천히 입을 열었다.

"내가…… 언제……."

"내가 언제?" 그녀가 빠르게 되물었다. "가르쳐줘?"

"……."

"작년 1월 31일부터 10월 15일까지. 어때? 이제 기억이 나?"

"……."

"안 나? 그럼, 더 잘 기억나게 장소까지 가르쳐줘?"

"나한테……" 나는 이번에는 고개를 아주 조금만 들며, 그러니까 그녀의 코가 보일 때까지만 들며 다시 입을 열었다. "왜 이러는 건데……?"

"가르쳐주고 싶으니까. 건강하지 않아도 얼마든지 착해질 수 있다는 걸."

나는 그녀의 말을 전혀 이해할 수 없었다. 그렇지만 나는 그녀에게 이해시켜달라고 부탁하지 않았다. 정확히 67일 만에 다시 이루어지고 있는 우리의 대화를 잠자코 듣고만 있던 셋 중 한 사람이 그녀를 대신해 나를 이해시켜주었기 때문이었다.

"그렇게 빠져나가려고 하면 곤란하죠. 만약 그쪽 말이 사실이라면 그쪽은 지금 착한 일을 하고 있는 게 아니라, 그저 공범으로서 자백을 하고 있는 것에 지나지 않을 테니까요."

"상관없어요."

셋 중 한 사람을 쳐다보며 강희가 대답했다. 그러고는 곧바로 다시 나를 내려다보며 덧붙였다.

"나쁜 짓 한 인간을 벌줄 수만 있다면."

셋 중 한 사람은 다시 침묵했다. 나머지 두 사람은 손에 들린 차트로 입을 가린 채 작은 목소리를 주고받았다. 그러더니 그중 하나가 침묵 중인 사람에게 다가가 귓속말을 했다. 침묵 중이던 사람이 턱을 어루만지며 고개를 끄덕이고는 이내 우리에게 말했다.

"이런 질문이 다소 불편할 수도 있겠지만, 그래도 우리 입장에서는 묻지 않을 수가 없겠네요. 어찌 보면 가장 중요한 질문일 테니까. 두 사람…… 서로 사랑한 사이였나요?"

나는 말을 안 했고, 강희는 얼른 말했다.

"사랑은 무슨 사랑."

"그럼 더 말이 안 되잖아." 셋 중 한 사람이 혼잣소리처럼 다시 말했다. "사랑도 하지 않는 사이에 약을 반씩 나눠 먹었다고? 그것도 돈 주고 산 약도 아니고 연구용 약을? 발각되면 어떻게 될지 뻔히 알면서도?"

나는 계속 말을 안 했고, 강희도 이번만큼은 아무런 말을 하지 않았다.

"김강희 씨, 김강희 씨도 한번 생각해봐요." 셋 중 한 사람이 이번에는 제대로 목소리를 내며 말을 이었다. "김강희 씨가 우리 입장이라면 김강희 씨 말을 믿을 수 있겠어요? 만약 김강희 씨라면 사랑하지도 않는 사이에 한 알에 육만 원씩이나 하는 약을 반이나 떼어주겠어요? 그것도 사람들 몰래 매일매일? 걸리는 날엔 연구에서 탈락되는 건 기본이고 잘못하면 형사적 책임을 질지도 모르는데? 아니, 그런 걸 다 떠나서 그 약이야말로 집으로 돌아갈 수 있는 마지막 희망인데? 아니, 살아남을 수 있는 마지막 희망인데? 그걸 아무런 조건 없이 준다고? 김강희 씨도 분명 그랬잖아요. 둘 사이에 돈은 십 원도 오고가지 않았다고."

"그거야……" 강희가 천천히 입을 열었다. "적어도 재는 날 사랑했으니까요."

그러더니 이번에는 훨씬 빠른 속도로 질문을 던졌다.

"야, 말해봐. 너, 나 사랑했어 안 했어?"

그리고 세상이 조용해졌다. 나는 입을 열지 않았고, 나를 뺀 사람들은 모두 말없이 내 입만 바라보았기 때문이었다. 나에게는 몇 분, 아니 몇 시간 같았던, 하지만 그들에게는 몇 초 같았을 시간이 흐른 후에 그들 중 한 사람이 내게 말했다.

"지금 학생이 침묵을 고집하면 우리는 어쩔 수 없이 학생의 침묵을 긍정으로 해석하고 김강희 씨의 말을 믿을 수밖에 없어요. 그러니 말을 좀 해봐요. 사랑했으면 했다고, 안 했으면 안 했다고."

나는 이제는 고개를 아주아주 많이 들어 하늘을 보았다. 그리고 내 마음을 살펴보았다. 그러자 마치 기다렸다는 듯이 마음과 가장 가까이 있는 장기에서 고개를 아주 조금만 들었을 때보다, 아니 내 마음을 살펴보지 않았을 때보다 훨씬 무거운 숨을 밀어 올렸다. 그런데 한 숨, 두 숨, 자꾸만 밀어 올렸고, 그러다 보니 나는 나처럼 말이 없는 겨울 하늘을 향해 쉬지 않고, 어쩌면 말보다 무거울지도 모를 숨들을 올려 보내는 것 말고는 따로 입을 열 시간이 없었다.

방으로 돌아온 나는 몸을 녹이기 위해 이불 속으로 들어갔다. 머리부터 발끝까지 모두 들어갔고, 그러자 그 어느 때보다 엄마의 목소리가 듣고 싶어졌다. 하지만 엄마는 전화를 받지 않았다. 대신 그곳의

간호사가 조금 피로한 목소리로 전해주고 싶은 말이 있으면 자기한
테 하라고 했다. 나는 시키는 대로 했다. 아무래도 방학이 생각했던
것보다 훨씬 길어질 것 같다고. 그리고, 사랑하지 말자고.

안녕하세요. 실은 이 소설은 2009년생입니다. 당시 저는 이 소설의 배경이 되는 곳에서 살고 있었는데요, 소설 속 친구처럼 듣는 약이 하나도 없어 죽기로 되어 있었기에 그냥은 죽기가 아쉬워 쓰게 된 글입니다. 조금만 더 친절하게 설명하자면, 소설가가 되기로 결심하고 한 3년 정도 단편만 써오던 제가 한 친절한 의사 선생님으로부터 "드릴 말씀이 없어 죄송합니다"라는 말을 듣고는 한가하게 이러고 있을 게 아니라 얼른 한 권을 남겨야겠다는 조급함에 무작정 써내려간 첫 '장편'입니다. 그때의 제목은, 웃지 마세요, 《소년의 일생》. 그 친구의 아빠는 지금처럼 컴퓨터 프로그램을 짜는 남자가 아니라 소설을 쓰는 남자였고, 그 친구의 엄마도 지금처럼 소설을 쓰는 여자가 아니라…… 뭐 아무튼 소설은 불온함은 차치하고서라도 못 봐줄 정도였고, 당선되면 상금으로 맥북을 사주겠다는 말에 낚인 옆 병실의 수관이만 끝까지 읽어주었을 뿐 그 누구에게도 일독되지 못한 채 '대실패' 폴더에 들어갔습니다. (그해 이 소설을 집어든 심사위원이 두 장을 넘기지 못했다는 데 저는 제 맥북을 걸 수도 있습니다.) 그리고 이후 저는 이 소설을 다시 꺼내 들지 않았습니다. 이유는 아주 간단했는데요, 제가 소설 속 친구처럼 임상시험에 참여해 신약을 먹게 되면서 죽지 않아도 되는 사람이 되어버렸기 때문입니다. (당장은) 죽지 않아도 되니 얼른 한 권을 남겨야겠다는 조급함은 설 자리를 잃었고, 그렇다면 굳이 잘 쓰지도 못할뿐더러 잘 쓰고 싶은 마음도 별로 없는 장편에 에너지를 빼앗겨야 할 이유 또한 깨끗이 사라진 것이지요. 그래서 저는 비록 잘 쓰지는 못하지만 잘 쓰고 싶은 마음만큼은 대단한 단편의 품으로 돌아갔고, 그렇게 단편만 쓰면서 11년을 살았습니다. 대신 11년 동안 그 친구의 목소리를 들어가면서요.

"그래서 나는 어떡할 건데? 그냥 이대로 내버려 둘 거야? 형 말고는 내 이야기를 세상 밖으로 내보낼 수 있는 사람이 아무도 없다는 걸 알면서도? 아니, 내 이야기 속엔 세상 사람들은 몰라도 그만인 나의 '작은 이야기'만 들어있는 게 아니라 세상 사람들이 잘 알지도 못하고 있는 이 병의 진짜 이야기도 들어 있다는 걸 세상 누구보다 가장 잘 알면서도?"

사실 이런 식으로 나오면 지금 쓰는 것에만 온전히 집중하기란 쉽지 않은 법이지요. 하지만 이래 봬도 제가 자기밖에 모르는 걸로는 둘째가라면 서러운 사람인지라 잘 안 들리는 척하며 잘 살아갈 수 있었습니다. 물론 그 보챔이 저로 하여금 일종의 '같잖은 사명감'을 불러일으킬 만큼 그 도가 지나칠 때면, 그러니까 꼴에 미니멀리즘을 추구

한답시고 사시사철 시원찮은 인물들의 하찮은 이야기나 쓰고 있는 제 자신이 좀 한심하게 느껴질 때면, 그땐 저도 그만 참지 못하고 이 비슷하게 소리치곤 했지만요.

제발 조용히 좀 하라고. 네가 네 이야기를 세상 밖으로 내보내고 싶은 마음은 잘 알겠는데, 사실 급한 건 나라고. 만약 이 세상에 너보다 자신의 이야기를 세상 밖으로 내보내고 싶은 사람이 단 한 명 있다면, 그게 바로 나라고. 그러니 무슨 모래주머니도 아니고 제발 좀 내 발목에서 떨어지라고. 그리고 솔직히 까놓고 말해서, 넌 이젠 너무 오래돼 버렸다고. 요즘 같은 세상에 너의 그 낡고 낡은 이야기를 듣고 싶어 하는 사람은 아무도 없을 거라고. 그리고 다른 무엇보다, 나는 앞으로는 좀 산뜻한 이야기만 쓰고 싶다고.

그랬던 제가 지난해 그 친구의 목소리에 다시 귀를 기울였습니다. 산뜻함이라고는 찾아볼 수 없는 그 친구의 이야기를 다시 받아쓰기 시작한 것이지요. 대단히 부끄럽지만 지금이 아니면 영영 말을 못할 것 같아서 솔직하게 말하겠습니다. 앞서 간접적으로 언급했듯이 제가 소설가가 되기로 결심한 게 2006년이었는데요, 2020년까지는 괜찮았습니다. 꿈이 아래쪽 방향으로만 몸짓하는 시간이, 그러니까 "너같이 글이란 걸 제대로 배워본 적 없는 근본 없는 습작생은 웬만해선 나를 통과할 수 없지"라고 말하는 거대한 벽 앞에서 무릎 꿇는 시간이 14년을 넘어설 때까지만 해도 그런대로 버틸 만했습니다. 이 역시 대단히 부끄러운 말이지만, 사실 저는 믿었으니까요. 나는 타고나지 못해서 죽었다 깨어나도 김훈처럼은 쓸 수 없지만, 한강처럼은 쓸 수 없지만, 그래도 세상 누구보다 최설처럼은 쓸 수 있고, 그렇다면 지금처럼 1년에 5일 정도만 쉬면서 최선을 다해 쓰다 보면 결국에 가서는 그런 최선의 사체들이 쌓이고 무더기져 만들어낸 가장 최설적인 무덤을 디딤판 삼아 폴짝, 저 벽을 뛰어넘게 될 거라고.

그런데 웬걸, 15년을 넘어섰는데, 못 버티겠더라고요. 안 되겠더라고요. 그래도 보통은 1~2년에 한 번씩만 본심에서 무릎을 꿇었는데 그해엔 봄여름 연속해서 꿇자니 까일 대로 까인 무릎한테 미안한 건 차치하고서라도 아, 이거 정말 안 되겠더라고요. "너 같이 글이란 걸 제대로 배워본 적 없는 근본 없는 습작생은 웬만해선 나를 통과할 수 없지"라고 말하던 그 거대한 벽이 이제는 "세상에 존재하는 모든 습작생은 통과시켜 주더라도 최설 너 하나만큼은 절대로 통과시켜 주지 않을 거야"라고 말하는 것만 같은 게, 이러다가 자칫하면 영영 못 일어날 수도 있겠더라고요. 제가 자기밖에 모르는 마음 못지않게 훌륭한 교육자 최기태 씨로부터 물려받은 '세상 누구보다 게으르지만 그래도 한 번 결심하면 아무도 못 말리는' 태도 역시 둘째가라면 서러운 사람인데도 하…… 이번에는 정말 일어설 힘이 없더라고요. 정확히 말하면 앞으론 뭘 써야 할지, 아니 좀 더 정확히 말하면 앞으로 뭘 쓸 수나 있을지 모르겠더라고요.

네, 그렇습니다. 그렇게 이 소설은 다시 쓰였습니다.

네, 잘 보셨습니다. 그나마 쓸 수 있는 것이라고는 그래도 내가 제일 잘 아는 것, 그래서 어쩌면 나만이 쓸 수 있는 것, 바로 그 친구 이야기뿐이었고, 염치 불고하고 "뭐라고? 잘 안 들리니까 좀 더 큰 소리로 말해볼래?"라고 했더니 그 친구가 나를 일으켜 세우는 것으로도 모자라 보시는 바와 같이 그 거대한 벽에 문을 만들어준 것입니다. 그 것도 (어디까지나 그 친구의 표현을 빌리자면) '씨발 좆나' 멋진 문을.

'나는 17년이나 살았다'가 있던 자리에 '오늘 방학이 끝났다'가 들어가고, 그렇게 첫 문장부터 한 문장 한 문장 새로 쓰였기에 2009년의 《소년의 일생》에서 2021년의 《방학》으로 옮겨온 문장은 단 한 문장도 없습니다. 아, '이건 정말이다'가 있긴 있네요. 어쨌건 없었던 새엄마가 생겨났고, 없었던 남동생이 생겨났으며, 끝끝내 붙여주지 않았던 이름 '건수'도 생겨났습니다. 꽤 많은 분량을 차지하던 아빠의 소설 《슬픈 허파》 속 지문이 빠져나간 자리를 엄마의 대사가 대신 채웠고, 여자가 답 없는 자신의 폐를 위해 택한 방법도, 답 없는 여자의 폐를 위해 그 친구가 택한 공간도 달라졌습니다. 결정적으로 그 친구가 맞이하는 결말이 180도 달라졌습니다. 따라서 《방학》은 단 한 가지 사실을 제외하면 무엇 하나 《소년의 일생》과 같은 것이 없습니다. 그러나 그때나 지금이나 그 친구는 그 친구답게 살아갔다는 사실. 그리고 바로 그 한 가지 사실 때문에 이 소설은 2021년생이 아니라 2009년생일 수밖에 없는 것입니다.

소설가의 말이라 안 믿을지도 모르겠지만, 얼마 전 꿈에 그 친구가 나왔습니다. 제가 제일 많이 입힌 푸른색 줄무늬 바지에 왼쪽 가슴에 병원 이름이 조그맣게 새겨진 회색 맨투맨 차림이었는데요, 신발만은 제가 제일 많이 신긴 삼선슬리퍼가 아니라 한 번도 신긴 적 없는 에어 조던 1을 신고 있었습니다. 설마 어머니께서 사주신 거냐, 아니면 요즘도 간호사 몰래 담배 피우고 노름하는 아저씨들 망봐 주면서 용돈을 챙기는 거냐 묻고 싶었으나 묻지 못했습니다. 꿈인데도, 아니 어쩌면 꿈이라서 입이 잘 떨어지지 않았습니다. 아무튼 웃는 것인지 우는 것인지 모를 얼굴로 제게 그러더군요.

"형, 아니다, 서른셋이 아니라 마흔여섯 살씩이나 돼버렸으니까 이제는 아저씨라고 불러야 하나? 뭐, 뭐가 됐건, 수고했어. 바뀐 결말은 좀 많이 별로지만, 아저씨도 지난 12년 동안 세상을 좀 더 배웠을 테니까 세상이 원래 이런 거라고 내가 이해할게. 그래서 하는 말인데, 아저씨, 우리 그만 갈라지자. 뭘 또 그렇게 놀라? 더는 귀찮게 하지 않겠단 소리잖아. 맞아. 끝까지 읽혀서 사랑을 받든 몇 장도 못 읽힌 채 버림을 받든 그건 이젠 내가 알아서 해야 할 일, 즉 나는 나대로 살아갈 생각이야. 이건 정말이야. 그러니까 아저씨도, 아니다, 그냥 형이라고 부를래. 사실 따지고 보면 어쨌거나 나는 2009년생인 거고, 그렇다면 형도 안 아픈 마흔여섯이 아니라 내일 당장 죽어도 하나 이상할 게 없던 서른셋인 거니까. 내 말이 틀려? 뭐, 틀려도 할 수 없어. 실은 내가 그냥 그러고 싶은 거니까. 아무튼 형, 놔줄게. 나는 이대로 쭉 '방학'을 따라서 갈 테니까 형도 이제는 나한테 방해받지 말고(그리고 내 걱정도 하지 말고……) 형이 잘 쓰고 싶어 하던, 그래서 누구보다 열심히 써왔던 단편 뒤를 따라서 한번 열심히 걸어가 봐. 그럼 혹시 알아? '근본 없는' 형 앞길에 번번이 놓이게 될 '진짜 벽'들을 앞으로는 형 혼자 힘으로도 통과할 수 있을지."

잘 될지는 모르겠지만, 이 친구가 시키는 대로 해보려고 합니다. 맞습니다. 《방학》을 뒤따라 세상 밖으로 나가게 될 내 내일의 단편들이 끝까지 읽혀서 사랑을 받든 몇 장도 못 읽힌 채 버림을 받든 그건 이젠 제가 알아서 해야 할 일. 그러니 더는 이 친구에게 신세지지 않고 혼자 힘으로 가보겠습니다. 그래서 이 친구한테는 좀 미안한 말이지만,

다음엔 더 잘 쓰겠습니다. 이건 정말입니다.

2022년 3월
최설

소설의 화자 중에는 '믿을 수 없는 화자'란 게 있다. 가령 범죄자나 정신병리적인 인물이 화자일 때 독자는 그가 하는 말을 곧이곧대로 믿지 못한 채, 소설을 읽게 된다. 그럴 때 아이러니가 발생한다. 화자가 아직 세상 물정 모르는 어린 아이일 때도 그런 일이 발생한다. 《사랑 손님과 어머니》는 익히 알려진 예다. 그런데 가령 이런 일이 일어난다면?

이제 갓 중학생쯤 된 화자가 "아무튼 내 경험에 따르면 같은 반 아이의 처참한 시험 점수 앞에서 같이 안타까워하는 것은 아주 쉬운 일에 속했다. 하지만 반대로 백 점짜리 시험지를 보며 같이 기뻐하는 것은 아주아주 어려운 일이었다."(p.158), "그는 이곳을 나가면 좋은 파트너를 하나 구해서 한국 대회에서 1등을 먹을 거라고 했다. 나는 이 나라에선 둘째와 꿈을 갖는 것이 모두 합법이니까 꼭 그렇게 됐으면 좋겠다고 말해주었다. 하지만 그의 꿈은 결코 이루어지지 않을 거라는 데 나는 내 전 재산을 걸 수도 있었다."(p.64), "그러면, 형은 설마 우리들 영혼이 육만 원보다 비싸다고 생각하는 거예요?"(p.46) 같은 말을 아무렇지도 않게 일상적으로 뱉는다면?

곱씹어 보면 저 아이가 뱉는 냉소적인 말들은 사실 얼마나 현명한 말인가! 게다가 김건수는 저 나이에 이미 카프카와 체호프와 김유정과 이상을 읽었고, 엄마가 들려준 다자이 오사무의 소설을 기억하고, 쇼팽을 연주할 줄도 안다. 그러니까 저 아이는 상당히 냉소적일 뿐, 작중에 등장하는 그 어떤 어른들보다도 '믿을 만한 화자'다. 《방학》이 재미있어지는 것은 이 점 때문이다. 이 건방지고 배배 꼬인 어린 화자의 입에서 심드렁하게 발화되는, 냉소적이지만 부인하기 힘든 비관적 지혜들은 흔한 아동 화자 소설들에서와 달리 아이러니를 발생시키지 않는다.

저 어린 화자에게 도대체 무슨 일이 일어났던 걸까? 다름 아닌 병력 때문이다. 그냥 일반적인 입원 정도가 아니라, 자신의 죽음을 곧 닥칠 현실로서 받아들여야 할 만큼 길고 고통스러운 병력 말이다. 삶을 제대로 누리지 못한 채 맞아야 하는 임박한 죽음 앞에서 어떤 주체는 김건수처럼 냉소적이 된다. 첫째로는 이 세계가 이제 곧 자신과 작별해야 하는 세계이기 때문이다. 말하자면 세계는 이제 곧 자신에게는 어떻게 되든 상관없는 장소다. 둘째로는 이 세계가 하찮은 것이어야 죽음이 받아들일 만한 것이 되기 때문이다. 삶에 대한 희망이 완전히 사라진 자리에서 바로 저와 같은 차갑고 비관적인 냉소가 발화한다.

프로이트는 바로 저와 같은 태도를 '유머'라 불렀다. 상식과 달리 유머란 일반적인 익살이나 재담과 달리 숭고한 데가 있다. 《방학》이 그렇다. 가장 참담한 처지에 빠진 주체가 그 상태를 도저히 역전시킬 수 없다는 사실을 전제하고 뱉는 말이 유머가 된다. 가령 이단으로 몰린 한 성자가 끓는 물에 삶겨질 참에 "물이 참 따뜻하군"이라고 말하는 그런 상황 말이다. 김건수는 참된 유머리스트다.

그러나 독자들에게 저 매력적인 악동 유머리스트 김건수의 결말에 대해 너무 걱정하지는 말란 스포일러 정도는 전하고 싶다. 반전이 있다. 김건수에게 행운이 찾아온다. 다만 그가 어떤 시련 하나는 겪어야 그의 것이 될 행운이……. 그 시련은 이런 것이다. '살 것인가, 사랑할 것인가?' 흔한 삼류 소설들의 답은 물론 '죽음을 불사한 사랑'일 것이다. 그러나 냉철히 생각해 보자. 살아 있지 않은 한 사랑이란 도대체 무엇일까? 죽은 자는 사랑할 수도 없는 법이니 저 질문에는 이미 답이 정해져 있다. 그것은 마치 라캉의 그 유명한 '자유냐 죽음이냐'란 질문과 같다.

그렇다면 《방학》은 성장소설인가? 주어진 시련을 겪고 어린 주인공이 어른들의 세계에 입사하는 그런 소설 말이다. 아닌 것 같다. 처음부터 김건수는 작중 그 어떤 어른들보다 이미 성장해 있었다. 세계가 얼마나 많은 허위들로 가득 차 있는지 이미 다 알고 있었으니까. 게다가 건전한 교육과 품성을 배워 훌륭한 어른들의 세계로 진입할 의사도 없어 보이니까. 그렇다면 소설 《방학》은 오히려 반성장소설이라고 부르는 게 맞을 것도 같다. 김건수는 성장하지 않는다. 다만 살아남기 위해서라면 사랑하던 사람이 놓인 최악의 곤란에도 불구하고 '사랑하지 말자'는 다짐을 하는 편이 나은 게 세상살이라는 걸 재삼 확인할 뿐이다.

김건수는 오래 살 것이다. 그야말로 내가 아는 한 한국 문학사에서 몇 안 되는, 참으로 흠잡을 데 없는 마키아벨리적 주체이니까 말이다. 그리고 이 말은 김건수가 바로 작가 최설의 일부일 것이라는 확신을 전제로 하는 말이기도 하다.

김형중

조선대학교 교수 · 문학평론가

2022 한경신춘문예 당선작
방학

제1판 1쇄 발행 | 2022년 3월 24일
제1판 2쇄 발행 | 2022년 10월 14일

지은이 | 최설
펴낸이 | 오형규
펴낸곳 | 한국경제신문 한경BP
책임편집 | 노민정
교정교열 | 김가현
저작권 | 백상아
홍보 | 이여진 · 박도현 · 하승예
마케팅 | 김규형 · 정우연
디자인 | 지소영

주소 | 서울특별시 중구 청파로 463
기획출판팀 | 02-3604-590, 584
영업마케팅팀 | 02-3604-595, 562   FAX | 02-3604-599
H | http://bp.hankyung.com   E | bp@hankyung.com
F | www.facebook.com/hankyungbp
등록 | 제 2-315(1967. 5. 15)

ISBN 978-89-475-4807-6   03810